DON BOSCO
VERLAG

reiner jungnitsch

glaub doch was du willst

eine handvoll religion
für die erwachsenen von morgen

don bosco

Für Dorothee,

Sarah, Viktoria und

allen KollegInnen der AG Süd-Hessen

Die Deutsche Bibliothek – CIP-Einheitsaufnahme

Jungnitsch, Reiner:

Glaub doch was du willst : eine Handvoll Religion für die Erwachsenen von morgen / Reiner Jungnitsch. – 1. Aufl. – München : Don Bosco, 1996

ISBN 3-7698-0833-9

Impressum

1. Auflage 1996/ISBN 3-7698-0833-9

Umschlag und Gestaltung: Margret Russer

Satz: Fotosatz Miehle, Augsburg

Druck: Druckerei Gebr. Bremberger KG, München

Gedruckt auf umweltfreundlichem Papier

Inhalt

lie

Liebe

Melanie, Sonja, Teresa, Nicole, Lilia, Claudia, Christine, Rosa, Dagmar, Sandra, Iris, Anja, Heike, Karin, Diana, Constanze, Romy, Alexandra, Jutta, Silke, Jeanette, Susanne, Tina, Anke, Tatjana, Cornelia, Monika, Angela, Bianca, Simone, Martina, Stefanie, Ute, Nina, Elke, Ursula und liebe ...

Lieber

Sven, Michael, Artur, Sascha, Stefan, Tobias, Oliver, Jens, Markus, Olaf, Dirk, Daniel, Manuel, Andreas, Marco, Björn, Torsten, Martin, Holger, Steffen, Jan, Matthias, Rudi, Florian, Serkan, Thomas, Ali, Frank, Alexander, Heiko, Fabian, Udo, Ralf, Nico, Kai, Boris und lieber ...

... da Du zu diesem Buch greifst, bringst Du wahrscheinlich eine gute Portion an Neugier und Interesse am Thema Religion mit. Oder sind es mehr die offenen Fragen zur Sache, die Dich beschäftigen? Oder ist es mehr Deine Kritik an allem, was Du bisher als Religion kennengelernt hast?

be/r

vorspann

Egal was es ist. Du zeigst jedenfalls, daß Dir die Sache nicht gleichgültig ist, daß Du damit noch nicht fertig bist, sondern die Auseinandersetzung und Antworten suchst. Allein schon das ist nicht ganz selbstverständlich.

Mit dem, was auf den nächsten Seiten folgt, möchte ich Dir ein wenig entgegenkommen. Es ist der Versuch, eine Handvoll dessen ansatzweise verstehbar zu machen, was in der Kiste mit der Aufschrift "Religion" ziemlich weit unten liegt. Um das Fundament, die ganz grundsätzlichen Dinge geht es also. Dennoch soll das hier kein Lehrbuch oder so etwas sein. Nimm es bitte als eine Folge von längeren Briefen, die Dich jeweils auf einen kleinen gedanklichen Spaziergang mitnehmen wollen.

Laß Dich daher einladen, mitzugehen und schau selber, was Du unterwegs entdecken kannst.

Münster, im Frühjahr 1996 Reiner Jungnitsch

siehmal was

Vom Glauben zu reden, ist nicht gerade Mode. Das hat gleich so einen frommen Beigeschmack, riecht nach Kirche, Weihwasser und trockenen Sprüchen. Je nachdem, was man in dieser Richtung für Erfahrungen gemacht hat, ist eine solche skeptische bis ablehnende Haltung sehr verständlich. Das weiß ich aus eigener Erfahrung.

Als ich etwa 10 Jahre alt war, wurde ich jeden Sonntag, wie es sich für einen braven katholischen Jungen gehört, zur Kirche geschickt. Ich ging auch, zumindest eine gewisse Zeit lang. Mein innerer Protest gegenüber dieser rituellen Pflicht wurde jedoch immer größer. Was da im Gottesdienst ablief, blieb mir fremd und unverständlich. Wie die Erwachsenen diese absolut langweilige Stunde bloß gut finden konnten, war mir ein Rätsel. Also tat ich nach einer Weile so, als ginge ich folgsam zur Kirche. Tatsächlich aber trieb ich mich in dieser Stunde irgendwo herum, wo es interessanter war, und ging wieder nach Hause, als auch die Kirchgänger wieder auf dem Heimweg waren. Daheim wurde auch nicht nachgefragt, wie es denn gewesen sei oder so. Fazit: alle waren zufrieden.

Welchen Stellenwert für mich damals Kirche, Glaube, Gott usw. hatten, kannst Du Dir wohl vorstellen. Mein Abstand von all diesen Themen wurde im Laufe der Zeit so groß, daß ich mit 18 Jahren ernste Überlegungen anstellte, endgültig aus der Kirche auszutreten. Ich habe es dann doch nicht getan. Wieso weiß ich auch nicht so genau.

Erst ein paar Jahre später begann ich mich erneut für religiöse Dinge zu interessieren. Interesse und Wissensdurst wurden sogar so stark, daß ich mich für ein Studium der

du glaubst!

Theologie entschied und anschließend sogar für einen Beruf in dieser Branche. Rückblickend kommt mir diese Wegbeschreibung selber immer wieder komisch vor, und ich beginne dann ein wenig nachzugrübeln, warum das alles so geworden ist.

Das erzähle ich Dir, damit Du siehst, wie gut ich Dich verstehen kann, wenn Du sagst, Du kannst mit dem Glauben und dem ganzen kirchlichen Kram nichts anfangen. Damals konnte ich das auch nicht. Aber inzwischen ist bei mir der eine oder andere Groschen gefallen, so daß ich für mich einige Zugangswege zum Glauben gefunden habe.

Wenn Du jetzt aber vermutest, ich wolle Dir meine Einsichten auf raffinierte Weise unter die Weste jubeln, dann bist Du auf dem Holzweg. Meine Erfahrungen kann ich Dir nicht vermitteln und will es auch gar nicht. Auch will ich Dich nicht irgendwohin manövrieren, damit Du „auf den rechten Weg" gelangst. Alles Unsinn. Mir liegt nur daran, etwas die Spreu vom Weizen zu trennen, Dir einige Denkwege und Perspektiven vorzustellen, die mir wichtig erscheinen, um überhaupt einen Ansatzpunkt zu finden in Sachen Religion, um dann weitere Wege auskundschaften zu können.

Für das, was Du glaubst oder nicht, bist Du selbst zuständig. Das kann Dir niemand abnehmen. Dein Glaube sollte allerdings, damit er Dir als „brauchbar" gelten kann, einigermaßen vernünftig sein. Das bedeutet, daß auch Dein Verstand eine wichtige Rolle spielt und Du offen bleibst für die Argumente und Erfahrungen anderer Menschen.

Ich will damit andeuten, daß die ganze Diskussion über den Glauben (zumal den christlichen, den wir hier unausgesprochen meinen) ein offenes Gespräch ist und bleiben soll. Von fertigen Definitionen auszugehen, die den Inhalt des Glaubens schon wasserdicht festlegen, würde ein Gespräch unmöglich und überflüssig machen und jeden kritisch Fragenden zu einem abwinkenden „Nein danke!" nötigen. Das wäre nicht das, was ich mit „glauben" meine.

Zu meinem Glauben gehören der Zweifel und die Unsicherheit dazu, ebenso wie kritisches Nachdenken - und ein begründetes Nein zu manchem, was mir unter dem Firmenschild von Religion bzw. Christentum begegnet. Und da gibt es einiges, was mir im Magen liegt. Trotzdem halte ich aus guten Gründen an diesem Glauben fest und verstehe mich ganz bewußt als Teil dieser Kirche.

diese Gründe aber kann ich Dir nicht auf die Schnelle in ein paar kurzen Sätzen klarmachen. Ich möchte vielmehr einige Schritte vorher ansetzen, um Dir zu zeigen, daß die Sache mit dem Glauben eigentlich ganz woanders anfängt, viel einfacher und normaler ist, als Du vielleicht meinst. Wenn Du also Lust und Laune hast, in dieser Sache selber ein Stück weiter zu kommen, dann bleib noch etwas sitzen und lies weiter. Okay?

wie lange reicht eine zigarette?

Im Religionsunterricht wurde ein Lehrer von den Schülern mal gefragt, wieso er eigentlich jeden Sonntag zur Messe gehe. „Weil ich das brauche", war seine knappe und ehrliche Antwort. Sie löste in der Klasse (die wohlgemerkt aus einer sogenannten „katholischen Gegend" stammte) schallendes Gelächter aus. Der Lehrer ließ sich aber dadurch nicht beirren und fragte einen der Jugendlichen zurück: „Was brauchst Du denn?" Dem jungen

Mann fiel seine Antwort offensichtlich auch nicht schwer. Er zeigte auf seinen Tabakbeutel in der Hemdtasche und sagte ganz zufrieden: „Zigaretten!“

Das sieht nach einer Patt-Situation aus. Einer braucht seinen Gottesdienst, dem anderen erfüllen die Zigaretten den gleichen Zweck.

Zwischenfrage:
Was ist Deine Antwort auf die Frage nach dem, was Du brauchst?

unglaube?

Unser Zigaretten-Freund – nennen wir ihn mal Gerd – stellt seinen Tabak ganz selbstbewußt dem kirchlichen Glauben des Lehrers entgegen. Dafür hat er sicher vielerlei Motive. Seine ablehnende Distanz zu der religiösen Überzeugung des Lehrers mag mit seinen bisherigen Erfahrungen auf diesem Sektor zu tun haben. Wahrscheinlich waren sie so abschreckend, daß er das ganze Kapitel mit der Aufschrift „Religion, Kirche & Co.“ schon bald abgehakt hat. Vermutlich zu Recht. Denn wenn er für sich irgendwelche Zugänge zu diesem überlieferten Glauben gefunden hätte, dann würde er jetzt das Bekenntnis des Lehrers nicht so abgrundtief lächerlich finden und dafür so massiv auf seine Glimmstengel pochen.

Versteh mich bitte richtig. Ich will Gerd den Tabak nicht madig machen und auch die Position des Lehrers hier nicht verteidigen. Das müßte dieser schon selber tun. Aber ich möchte, und das wirst Du mir wohl nachsehen, gerade an Gerd einige Rückfragen stellen, weil mir seine Einstellung für viele jungen Leute recht typisch zu sein scheint. Dabei will ich ihn gar nicht in ein schlechtes Licht stellen. Er soll seine Zigaretten auf jeden Fall behalten und toll finden dürfen. Ich möchte sogar noch eins draufsetzen und behaupten, er sei ein recht religiöser Mensch!

Was seine Zigaretten denn bloß mit der Religion zu tun haben, wirst Du vielleicht fragen. Warte ab und laß uns gemeinsam hinschauen.

Gerd hat geantwortet, daß er seine Zigaretten brauche. Das heißt, er hat eine Erwartung, ein Bedürfnis ihnen gegenüber. Sie geben ihm etwas. Was das ist, dürfte wohl auch für Gerd schwerlich genau zu beschreiben sein. Eine Zigarette ist für ihn ja nicht nur ein willkommener Konsumartikel, sie be-deuten ihm auch etwas. Sie vermitteln ihm nicht nur eine Art Halt, Sie geben ihm unmittelbar ein Gefühl von Sicherheit und Schutz in Momenten der Belastung, der Langeweile, der Einsamkeit usw. Das Rauchen ist für Gerd wahrscheinlich auch ein verbindendes Element unter Gleichgesinnten: der Rauchergemeinschaft; also eine Art gemeinsames Glaubensbekenntnis. Zudem wird mit jeder Zigarette quasi ein Ritual wiederholt, wird einer aktuellen Gefühlslage auf diese Weise eine passende Ausdrucksform gegeben. Die Zigarette ist in einem solchen Augenblick mehr als eine Zigarette. Sie ist dann ein Symbol für vielerlei Hintergründe, die sich nur erahnen lassen.

**So weit —
so klar?**

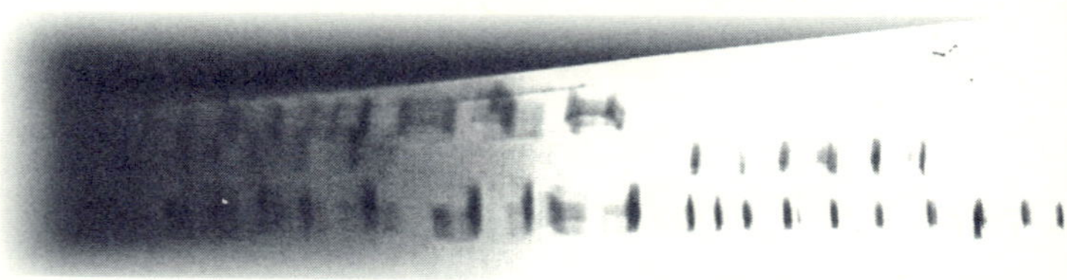

Also: wenn wir mit aller Vorsicht unterstellen dürfen, daß Gerd's Zigaretten ihm so etwas wie Halt, Sinn und Geborgenheit vermitteln, und zwar als eine direkte sinnliche Erfahrung, dann würde ich sagen, daß das genau seine Form von Religiosität ist. Denn seit Jahrtausenden sind es unter anderem gerade diese Elemente, die die Menschen sich von ihrer jeweils praktizierten Religion erwartet haben. Daran hat sich bis heute wohl nichts geändert.

Der erwähnte Lehrer, der wegen seiner so altmodisch-frommen Antwort ausgelacht wurde, wird doch hinsichtlich seiner religiösen Überzeugung und Praxis genau dieselbe Erwartung haben. Oder meinst Du nicht? Auch er sucht in seinem kirchlich ausgerichteten Glauben einen tiefgreifenden Halt für sein Leben, eine geistige Orientierung und sich daraus ergebende Wertmaßstäbe für den Alltag. So weit auseinander liegen die beiden mit ihren „Glaubensbekenntnissen" also nicht. Jedenfalls was die Zielrichtung betrifft.

Nochmal eine Zwischenfrage: *Woran hältst Du Dich fest? Was gibt Dir Mut, Kraft und Halt im Leben? Wie gut bist Du bis jetzt damit gefahren?*

Gerd's Haltegriff im Leben sind zumindest seine Zigaretten. Genau deshalb reizt mich das zum Nachfragen. Wie weit reicht dieser Halt, diese Lebensphilosophie im Alltag? In welchen Situationen bieten ihm seine Zigaretten nicht mehr den nötigen Trost? An was mag er sonst überhaupt noch glauben wollen oder können, wenn er schon so entschieden für das Naheliegende und Handgreifliche ist? Wird er eventuell genau so selbstbewußt die Parole vertreten: „Ich glaube nur, was ich sehe!"?

Nun, ich will unserem Freund nicht zuviel anhängen, sondern die Sache durchs Zuspitzen nur etwas deutlicher machen. Du wirst aber wohl erkennen, worum es mir geht: um die alltägliche Praxis dessen, was man „glauben" nennt. Darum kommt nämlich niemand herum. Einen absolut ungläubigen Menschen gibt es nicht, selbst wenn einer das von sich selbst behauptet. Er oder sie ist sich dann der eigenen tagtäglichen Lebensvollzüge noch nicht hinreichend bewußt geworden. So erstmal meine Behauptung. Laß es mich noch ein wenig erläutern.

vertrauen!

Was unsere Zeitgenossen so alles glauben, betonen sie bei passender Gelegenheit oft mit einer gehörigen Portion Stolz in der Brust. Der eine glaubt nur an sich selbst, der andere an das Glück oder den Zufall, wieder ein anderer an die immer neuen Siege der Wissenschaft; viele glauben an die Sterne und die Wiedergeburt, wieder andere bekräftigen ihren Glauben an einen Talisman, an ein Leben nach dem Tod oder an Gott. Ebenso geglaubt wird an übersinnliche Kräfte, Dämonen, die Wirkung von Edelsteinen, an magische Rituale oder die Existenz von Ufos. Glauben kann man offensichtlich an vieles.

Doch das sind schon ganz spezielle Glaubens*inhalte,* über deren Vernünftigkeit man sicher diskutieren darf. Es gibt aber eine unscheinbarere und noch tiefer greifende Form des alltäglichen Glaubens, die uns allen gemeinsam ist. Sie ist sogar so fundamental und lebenswichtig, daß niemand von uns auch nur einen Moment lang darauf verzichten kann.

Denke dazu mal kurz an das, was Du jeden Tag so machst. Am Morgen hast du Deinem Wecker geglaubt, daß er zur richtigen Zeit klingelt (oder war es Deine Mutter?). Du hast zum Frühstück vielleicht eine Milchtüte oder ein Marmeladenglas geöffnet – in dem unbewußten Vertrauen, daß auch drin ist, was draufsteht. An der Haltestelle hast Du ganz selbstverständlich dem Fahrplan geglaubt, genauso wie den Nachrichten im Rundfunk. Auch gehst Du in der Regel davon aus, daß das, was Dir ein anderer erzählt, auch der Wahrheit entspricht, daß deine Mitmenschen Dich nicht ständig übers Ohr hauen wollen. Ohne auch nur einen Gedanken daran zu verschwenden, vertraust Du darauf, daß sämtliche Körperorgane heute wieder ihren üblichen Dienst tun. Du legst Dich abends ins Bett in der unbezweifelten Annahme, am Morgen wieder aufzuwachen. Diese Aufzählung ließe sich beliebig fortsetzen.

Alles normal? Alles selbstverständlich? Mir scheint es nicht so. Auch ich muß mir immer wieder vor Augen führen, wie wenig „klar" das eigentlich alles ist und wie unbewußt ich in vielerlei Hinsicht durchs Leben gehe. Und wenn ich dann mal wieder so einen gewissen Moment habe, in dem ich mich quasi neben mich stelle und dann ganz genau aufpasse, was ich da gerade mache, bzw. was da mit mir oder um mich herum geschieht, dann packt mich immer ein recht ehrfürchtiges Gefühl. Ein Staunen über mich selbst, meine Umwelt, über das Leben insgesamt.

Passiert Dir das auch manchmal?

In einem solchen Augenblick, wo das Normale plötzlich gar nicht mehr so normal ist, stellt sich vielleicht die Frage, was mich nachts so vertrauensselig schlafen läßt, obwohl ich in diesen Stunden keinerlei Kontrolle über mich habe. Ein unbändiges Vertrauen habe ich beim Einschlafen, daß mein Herz ganz brav weiterschlägt, statt ebenfalls zum Stillstand zu kommen. Welchen Grund haben wir für ein derartiges Loslassen, für ein so weitreichendes Vertrauen, von dem buchstäblich unser Leben abhängt? Wie würdest Du das nennen?

Meinerseits nenne ich das *Urvertrauen.* Dieses Urvertrauen richtet sich, wie gesagt, meist völlig unbewußt auf das dauerhafte und verläßliche Wirken aller natürlichen Abläufe, auf die Friedlichkeit der Mitmenschen sowie auf das Leben und die Zukunft allgemein. Wenn wir dieses tiefsitzende Vertrauen nicht hätten, so scheint mir, wären wir nicht lebensfähig.

überdenke das nochmals für Dich in aller Ruhe. Spiele die genannten Vertrauensmomente einmal im Negativen durch. Was wäre denn, wenn wir in alledem *nicht* dieses Maß an Zutrauen haben könnten ...?

Du wirst sicher einwenden, es gäbe genügend Beispiele für das Gegenteil, wo etwas nicht so läuft wie es sollte, wo zwischen Menschen eher das Mißtrauen regiert usw. Das ist nicht zu bestreiten. Aber weder ist das der Normalzustand, noch werden diese negativen Fälle zu einer Widerlegung der anderen. Selbst in Situationen, in denen es z. B. dieses vertrauensvolle Miteinander gerade nicht gibt (aus welchem Grund auch immer), da vermissen wir es und wünschen, es wäre möglich. Einfach, weil es so besser ist, uns das Leben leichter macht. Es findet eine Zustimmung aus unserem tiefsten Inneren heraus. Ist es nicht so?

Die Psychologen sagen uns, dieses Urvertrauen in die Welt und das Leben würde bei jedem von uns in den ersten Lebensjahren verankert. So wie wir ganz am Anfang unsere Umwelt erfahren durften (oder mußten), so wird unsere Grundstimmung in späteren Jahren.
Die Tendenzen in Richtung Optimismus oder Pessimismus mögen hier ihre Wurzeln haben.
Wie Du weißt, gibt es Menschen, für die ist eine Flasche Wein leider schon halb leer, während sie für den anderen zum Glück noch halb voll ist. So ist das Leben. So sind wir.
Daß diese Vertrauens*bereitschaft* in das Leben schon recht früh gefördert oder behindert

wird, zeigt uns auch, wie nachhaltig der weitere Lebensweg bereits zu Beginn verkorkst werden kann. Vielleicht erinnerst Du Dich später einmal daran, wenn Du selber Kinder hast.

Bis hierher wollte ich wenigstens eines deutlich machen: mit dem Wort „glauben“ ist erstmal eine recht alltägliche Sache gemeint. Wir alle praktizieren sie ständig, ob wir das merken oder nicht. Noch direkter: leben und glauben gehören innerlich zusammen, sind faktisch nicht voneinander zu trennen!

Außerdem ist Dir sicher aufgefallen, daß ich wechselweise mal von „glauben", mal von „vertrauen“ gesprochen habe. Das war Absicht, denn beide Wörter sind gleichbedeutend. Sie sind austauschbar, ohne den Sinn einer Aussage zu verändern. Wem Du vertraust, dem glaubst Du auch, was er sagt. Oder?

Du siehst, vor allem in zwischenmenschlichen Beziehungen geht es gar nicht „ohne". Ihr Gelingen ist geradezu davon abhängig.

Was wir bisher angesprochen haben, betrifft zugegebenermaßen noch nicht den Glauben im eigentlich religiösen Sinne. Vom christlichen Glauben war ja noch gar nicht die Rede. Doch Vorsicht, ziehen wir den Kreis der Religion nicht zu klein. Wer nämlich zum Vertrauen im Getriebe des Alltags kaum bereit oder in der Lage ist, der wird erst recht Schwierigkeiten haben, sich auf einen spezifisch religiösen Glauben einzulassen.
Ob das bei Gerd auch der Fall ist? Vielleicht steckt auch mehr von der Substanz des christlichen Glaubens in diesen wenig bewußten Alltäglichkeiten als viele meinen.

was es so alles gibt

Wenn in einem Gespräch plötzlich das Stichwort „Glaube“ fällt, wirkt das auf manchen Zeitgenossen wie das lästige Gesumme einer Fliege. Sie bewaffnen sich dann sogleich mit einem schlagkräftigen Satz und gehen siegesgewiß zum Angriff über: „Glauben heißt,

nicht wissen!" oder „Ich glaube nur, was ich sehe!" oder „Dafür gibt es sowieso keine Beweise!" oder ähnliche Geschosse. Die Schützen sind dabei immer sehr sicher, diesen Vertreter der Religion quasi mit einem Schuß niedergestreckt zu haben. Was soll denn nach einer solch vernichtenden Attacke noch übrigbleiben? Auf den ersten Blick scheint man gegenüber so eingefleischten Skeptikern keine guten Karten zu haben. Aber das sieht nur so aus. Man muß sie nur am richtigen Ende packen.

Ein amerikanischer Theologe beschrieb einmal, mit welchem Trick er einen derartigen Scharfschützen drankriegte: „Der Skeptiker ist niemals überzeugend. Da steht er, ein Cocktailglas in der Hand, den linken Arm lässig auf dem Kaminsims postiert, und sagt, daß nichts gewiß sei, nicht mal seine eigene Existenz. Ich habe da eine geheime Methode, solch universalen Skeptizismus mit vier Worten zu demolieren. Ich flüstere ihm zu: ‚Ihr Hosenschlitz ist offen'. Wenn er so bombensicher ist, daß es keine gültige Erkenntnis gibt – warum schaut er dann jedesmal hin?" (Robert F. Capon).

Nun, das ist sicher eine besonders coole und humorige Art zu reagieren. Jemanden, der gleich alles in Zweifel zieht und keinerlei Erkenntnis als sicher gelten lassen will, trifft man aber eher selten. Und wenn man es genau nimmt, ist die Behauptung dieses Skeptikers in sich unlogisch und widersprüchlich. Nichts hält er für sicher erkennbar. Aber was ist mit seiner Aussage selbst, die er als seine Erkenntnis vertritt? Ist die denn sicher, oder gehört sie ebenfalls in den Ordner „Zweifelhaft"? Was bleibt dann? Aber dies nur nebenbei.

Meistens werden dem angeblich schwankenden Boden der Religion die sicheren und tragenden Säulen der Wissenschaft entgegengestellt. Da weiß man, was man hat. Das läßt sich belegen, ist handfest und nützlich. So hört man.

Gleich darauf zu verweisen, daß auch die naturwissenschaftlichen Erkenntnisse einem teils sehr raschen Wandel unterliegen, also manches heute verworfen wird, was gestern noch Gültigkeit hatte, wird einen Wissenschafts-Fan nicht gleich aus dem Sattel werfen. Der Knackpunkt des Mißverständnisses zwischen dem Glauben und der Naturwissenschaft liegt auch ganz woanders.

Damit Du verstehst, was ich meine, will ich mit einer kleinen Aufgabe beginnen. Wenn Du also willst, nimm Dir mal eben einen Stift und mache ein paar Kreuzchen:

gibt es das?	ja	nein
1. dieses Buch		
2. ein Wasserstoffatom		
3. die Liebe		
4. die Elektrizität		
5. die Radioaktivität		
6. die Treue		
7. den Wind		
8. das Gewissen		
9. die Freundschaft		
10. Gott		
11. die Osterinseln		

ja nein

12. den Nordpol ______________ ______________

13. die Luft ______________ ______________

14. das Jenseits ______________ ______________

15. den Äquator ______________ ______________

16. die Zeit ______________ ______________

ist Dir dabei etwas aufgefallen? Wo kam Deine Antwort ganz schnell, wo mußtest Du erst einen Moment überlegen? Vor allem: was ging Dir bei den einzelnen Positionen durch den Kopf, um eine klare Antwort zu finden?

Mich reizt es zwar zu erfahren, wo Du für Ja oder für Nein gestimmt hast, aber das ist gar nicht der ausschlaggebende Punkt. Viel wichtiger ist mir an dieser kleinen Übung die bewußte Wahrnehmung des jeweiligen Weges zu einem Ja oder Nein.

Ein Beispiel: Du wirst vermutlich mit dem Kopf geschüttelt haben bei der ersten Position. Daran zu zweifeln, daß dieses Buch hier wirklich vorhanden ist, wäre ein logischer Widerspruch. An der sinnlichen Wahrnehmung des Buches gibt es nichts zu rütteln. Wie ist es aber bei all den anderen Sachen? Eine unmittelbare Bestätigung durch Sehen, Hören, Riechen, Schmecken oder Tasten ist bei vielen der „Objekte" nicht möglich. Es macht auch sicher noch einen Unterschied, wie Du herausfindest, ob es die Osterinseln, die Liebe oder ein Jenseits gibt. Das verlangt, ganz verschiedene Wege zu gehen. Und die einzelnen Antworten liegen folglich auch nicht auf derselben Ebene. Klar?

Der Nachweis z.B. der Radioaktivität dürfte mit Hilfe eines Geigerzählers kein besonderes Problem darstellen. Selbst der bornierteste Skeptiker wird sich durch die Anzeige auf dem

Gerät belehren lassen müssen. Die Beweislage ist hier eindeutig. Wie aber beweist Du einem anderen Menschen, daß Du ihn liebst? Welchen Beweis für die Liebe würdest Du umgekehrt selber akzeptieren?

Du merkst, jetzt wird es schon schwieriger mit Eindeutigkeit und Beweis. Meinerseits halte ich daran fest, daß es für Liebe keinen Beweis gibt und geben kann. Sie bleibt eine höchst subjektive Wahrnehmung, bei der Irrtum oder Mißverständnis nie ganz ausgeschlossen werden können. Außerdem, was wäre das für eine Liebe, die man erst beweisen müßte?!

Die Art und Weise des Daseins ist beim Wasserstoffatom, bei der Freundschaft oder der Luft wohl etwas total anderes. So wie Du die Buchstaben auf dieser Seite siehst, vermagst Du die Zeit aber nicht zu „sehen“ usw.

Kommst Du noch mit?

Wir müssen also zugeben, daß es so manches auf dieser Welt gibt, was es auf sehr verschiedene Weise „gibt". Während das eine, weil materiell, unseren Sinnen direkt zugänglich ist, halten wir zugleich so immaterielle „Dinge“ wie die Liebe, das Gewissen, die Treue usw. normalerweise auch für ganz real. Bei Nordpol oder Äquator kann man sogar von rein gedachten Angelegenheiten sprechen. Würden wir nämlich nach Afrika reisen und mittels der Landkarte den Äquator suchen, fänden wir absolut nichts. Bestenfalls irgendwo eine Bronzetafel mit der Aufschrift: „Sie stehen jetzt auf dem Äquator!“ So kann es einem ergehen.

Bei noch genauerem Hinsehen würden wir schließlich feststellen, daß die Übergänge zwischen „materiell“ und „geistig“ ziemlich fließend sind. Davon wissen beispielsweise die Atomphysiker ein Lied zu singen. Doch das will ich hier nicht weiter ausführen.

Was hast Du übrigens bei der Nr. 10 angekreuzt? Wonach hast Du das entschieden? Welche Begründung hast Du für Deine Antwort?

Ich begnüge mich an dieser Stelle mit den Rückfragen, da wir auf dieses Thema noch zu sprechen kommen werden.

Wenn wir unsere Überlegungen zu den unterschiedlichen Erkenntniswegen abschließend ein wenig sortieren und uns das Ergebnis nochmals vor Augen halten, dann könnte man es so gliedern, wie ich es hier versucht habe:

wirklich ist ...

1 was ich unmittelbar mit meinen Sinnen wahrnehme,

2 was ich mittelbar durch Instrumente wahrnehmen kann,

3 was mir durch andere überliefert wird,

4 was ich durch Einfühlen und Nachdenken erkennen kann,

5 was ich auf die Dauer durch meine Lebenspraxis erfahre.

Wenn Dir noch nicht ganz die Luft ausgegangen ist, kannst Du ja die einzelnen Positionen von vorhin diesen fünf Ebenen zuordnen.

Hier zeigt sich nun, wie kurzsichtig es ist, wenn man „nur glaubt, was man sieht". Denn sehen und sehen ist offenbar nicht dasselbe. Wer stets auf handfeste Beweise pocht und im selben Augenblick meint, das ganze Kapitel „Religion“ damit vom Tisch zu fegen, der kann kaum als besonders gescheit und logisch gelten. Er manövriert sich vielmehr selber in die Sackgasse. Und die kann nicht das Ziel sein.

Was Dir dieser zweite Anlauf zeigen sollte, läßt sich vielleicht auf diesen Nenner bringen: Von den Dingen dieser Welt, der Wirklichkeit, der Realität (oder wie Du sonst sagen willst) zu reden, ist recht vielschichtig. Die beweiskräftigen Resultate der Naturwissenschaften sind nur ein Ast am großen Baum der Erkenntnis. Es gibt Fragen, die auf solchem Weg nicht zu beantworten sind. Und es gibt Situationen und Probleme, die sich mit wissenschaftlichen Methoden nicht bewältigen lassen. Immer wenn es an die Substanz unseres Lebens geht, um Themen wie Freiheit, Gerechtigkeit, Liebe, Glück, Schuld, Sinn, Leid, Tod usw., müssen wir auf anderen Ästen des Baumes entlangklettern, um Antworten zu finden. Da muß auch jeder selber ran. Denn was ich mir auf diese Lebensfragen als Antworten zurechtlege, das soll ja auch wirklich eine Antwort sein, zumindest für mich. Ob andere beim Suchen auf den gleichen Trichter gekommen sind oder gar einen besseren gefunden haben, kann nur ein Gespräch zeigen. Dann heißt es zuhören, argumentieren und offen sein für völlig andere Erfahrungen und Einsichten.

Genau dort, wo es ans „Eingemachte" geht, um das, was Leben eigentlich sein soll, wo es um den richtigen Weg und ein für alle erstrebenswertes Ziel geht, da spielt sich das ab, was ich Religion nenne. Von Gott, Jesus, der Bibel oder anderen Stichworten aus dieser Schublade muß hierbei noch gar nicht gesprochen werden. Die stehen alle auf einem anderen Blatt, obwohl das, was damit gemeint ist, hier letztlich auch schon drinsteckt. Aber dazu später.

Darum bin ich auch davon überzeugt, daß am Ende niemand darum herumkommt, sich solchen Fragen einmal zu stellen. Daß man sich dabei dann auch mit den Inhalten der christlichen Religion auseinandersetzt, ist fast unvermeidlich. Hier fängt die eigentliche Diskussion über den Glauben ja erst an.

Ich denke, ich habe Dir mit diesem Kapitel schon ein ziemliches Stück Lese- und Denkarbeit zugemutet. Mach also jetzt erstmal Pause und tu Dir was Gutes. Vielleicht eine Zigarette?

so kann man es auch sagen

Religiös sein bedeutet, leidenschaftlich nach dem Sinn unseres Lebens zu fragen und für Antworten offen zu sein, auch wenn sie uns tief erschüttern. Eine solche Auffassung macht die Religion zu etwas universal Menschlichem, wenn sie auch von dem abweicht, was man gewöhnlich unter Religion versteht.

PAUL TILLICH

Religion weiß mehr vom Leben. Darum kann sie vordergründigen Lebenssinn, pseudoreligiösen Lebenskult und spießerische Lebenskunst entlarven und überwinden. Religion ruft die tiefsten und eigentlichen Werte des Lebens in Erinnerung. Sie motiviert zum Aussteigen aus einem sinnentleerten, fraglosen Dahinvegetieren, aus einer Gesellschaftsordnung, die keine anderen Werte kennt als Geld und Gier, Reichtum und Macht.

NORBERT SCHOLL

Glaube aber ist: Feststehen in dem, was man erhofft, Überzeugtsein von Dingen, die man nicht sieht.

NEUES TESTAMENT, BRIEF AN DIE HEBRÄER 11,1

gesucht:un

Mit diesem Kapitel, das will ich gleich gestehen, tue ich mich recht schwer. Entsprechend ratlos sitze ich hier und weiß nicht, wie und womit ich anfangen soll. Die Überschrift scheint mir die Lage einigermaßen treffend wiederzugeben. Es geht nämlich um das dickste Päckchen aus der Religionskiste, um das mit der Aufschrift „Gott".

Jetzt, wo für Dich das Stichwort gefallen ist, wüßte ich ganz gerne, was in Deinem Kopf oder in Deinem Bauch vorgeht. Was verbindest Du mit dem Wort „Gott"? Hat sich „Gott" seit Deinen Kindertagen für Dich verändert?

Die Tatsache, daß (nicht nur) für viele Deiner Altersgenossen das Wort „Gott" durch schlechte Erfahrungen im Elternhaus, im Religionsunterricht oder mit irgendwelchen Kirchenleuten leider so in Verruf gekommen ist, macht das Reden über dieses Herzstück aller Religionen immer wieder zu einem Drahtseilakt. Damit aber allen, denen man Gott auf irgendeine höchst unpädagogische und unchristliche Art und Weise un-glaub-würdig gemacht und dadurch quasi ausgetrieben hat, nicht noch mehr Hören und Sehen vergeht, will ich ganz behutsam vorgehen. Denjenigen unter Euch, die für sich einen Weg zum Gottesglauben gefunden haben, mögen die folgenden Seiten ein wenig Begründungshilfe oder Bestätigung sein.

Dreierlei will ich gleich klarstellen: 1. Einen Beweis für die Existenz Gottes kann und will ich hier nicht vorlegen. Das vermag niemand. 2. Wer, was und wie Gott ist, kann ich auch nicht auf den Punkt bringen. Dazu etwas zu sagen, ist nur auf der Ebene des Glaubens möglich, die eventuell besondere Gotteserfahrungen einschließt. 3. Folglich liegt mir auch nicht

eschreiblich

daran, den Zweifler zu bekehren - oder dem Gläubigen nach dem Munde zu reden. Wichtig ist mir ein Stück Denk-Arbeit in dieser Sache. Denn auch der Glaube an Gott soll ja nicht jenseits oder gar gegen alle Vernunft sein. Wer beim Glauben sein Gehirn abschaltet, ist auf dem falschen Dampfer.

Wenn es nun aber keinen Beweis gibt und auch keine wirklich genauen Aussagen, so wirst Du jetzt fragen, was gibt es dann überhaupt noch zu reden? Du hast völlig recht. Das sieht nach einem echten Dilemma aus. Und das ist es auch zum Teil. Doch das ist der Preis dafür, wenn man das Thema Gott ein paar Takte bescheidener angeht.

Über Gott tatsächlich nichts genaues wissen und sagen zu können, war bereits den christlichen Theologen des Altertums ein Problem. Sie wußten aber auch, daß sie trotz dieses beschämenden Nichtwissens nicht einfach nur noch schweigen durften. Der Gottesglaube lebt nämlich entscheidend davon, überhaupt *zur Sprache* zu kommen und davon, daß Menschen sich mit der Idee „Gott" auch öffentlich auseinandersetzen. Das bedeutet vor allem: Argumente — pro und contra — zur Kenntnis nehmen und diskutieren, eigene wie fremde Erfahrungen und Einsichten gelten lassen, sie stets erneut auch gemeinsam zu überdenken, sowie für neue eigene Erfahrungen offen zu sein.

Warum wir uns *überhaupt* damit beschäftigen sollen, da es doch offensichtlich so ein windiges Thema ist?

Laß es mich so sagen: Ich denke, wir können gar nicht anders. Denn von Gott reden heißt, davon reden, was es mit diesem Leben und dieser Welt letztlich auf sich hat. Es geht, auch wenn es ziemlich pathetisch klingt, um das grundsätzliche Woher, Wohin und

Wozu, um einen Sinn und Bezugspunkt für alle und alles. Wie gesagt, das sind erstmal große Worte, die wir so weit wie möglich runterholen müssen in die Niederungen unseres Alltags. Was an ihnen dran ist, kann sich realistisch ja nur dort zeigen. Und wenn Gott, und damit der gesamte christliche Glaube, nichts mit unseren wirklichen Fragen, Nöten, Sorgen, Sehnsüchten und Hoffnungen zu tun hat, dann können wir das Thema getrost abhaken. Dann erübrigt sich die ganze Religion. – Dann war aber auch nicht der Gott gemeint, von dem die Bibel erzählt, wie ihn Jesus verkündet hat und wie ich ihn verstehe.

Anmerkung: Wenn ich „ihn" sage, unterstelle ich nicht automatisch, Gott sei männlich. Da unsere Sprache jedoch nur wenig Auswahl läßt, darf ich sicher die eine Ausdrucksform wählen, ohne die anderen damit für falsch zu halten.

Wenn es also gute Gründe gibt, gegen Gott zu sein, nicht an ihn glauben zu wollen bzw. zu können oder seine Existenz rundherum in Zweifel zu ziehen, dann liegt das wahrscheinlich an einer ganz bestimmten Gottes*vorstellung*. Wenn zum Beispiel kleinen Kindern schon früh ein Gott nahegebracht wird, der „alles sieht" und der „ganz traurig" wird, wenn man mal wieder was angestellt hat, bleibt später dem Heranwachsenden eigentlich nur die radikale Ablehnung eines solchen Gottes übrig. Ansonsten wird dieser Mensch ständig jenes eingeimpfte „Über-Ich" im Nacken sitzen haben, diesen Polizisten-, Buchhalter- und Rachegott, dessen wachsames Auge ihm überall hin folgt. Das ist nicht Gott, es ist ein langsam tötendes Gift für die Seele.

„Die kleinen Sünden bestraft der liebe Gott sofort!" – das ist einer der schlimmsten, dümmsten und unchristlichsten Sätze, die man über Gott sagen kann, der aber leider noch viel zu oft zu hören ist!

Dieser und ähnliche Sätze bilden aber bei vielen Erwachsenen (unbewußt?) den Grundstock dessen, was sie über Gott zu sagen wissen – und dann ebenso unbedacht an die Kinder weitergeben.

Zum Problem werden Gottesvorstellungen immer dann, wenn sie nicht mehr als *Vorstellungen,* als Produkte menschlicher Phantasie, als Resultate unserer Erfahrung und Sprache wahrgenommen werden. Wenn sie keinen Nachsatz mehr kennen wie „So stelle *ich* mir Gott vor" oder „So denke ich darüber", sondern – ob ausgesprochen oder nicht – als definitive Wahrheit hingestellt werden, über die es keine weitere Diskussion mehr geben kann. In diesem Moment wird dann schon die gesamte Motivation abgewürgt, das Thema Gott irgendwie noch einmal anzufassen. Alle Freiheit zu eigenen Gedanken und Gefühlen, alle Lust am ungehinderten Nachdenken und Entdecken sind so mit einem Schlag unmöglich gemacht. Das muß nicht sein. Ich behaupte: „Sogar das Gegenteil ist gefordert, wenn es um Gott geht!"

Vielleicht läßt sich Gott also – ganz anders als bisher gedacht und erwartet – in den kleinen Dingen unseres Alltagslebens aufspüren. Das bedarf jedoch einer anderen Sicht und eventuell einiger Korrekturen auf dem bisherigen Denk-Weg. Wir werden sehen. Jedenfalls wünsche ich Dir, daß das Thema Gott für Dich etwas „normaler" und „realistischer" wird – und zugleich ein Stück geheimnisvoller. Geheimnisse nämlich machen unser Leben spannend. Und Gott ist für mich das größte Geheimnis, das wir mit uns herumtragen.

wie soll das zusammenpassen?

Der größte Stein des Anstoßes am Gottesglauben ist für viele Menschen die Erfahrung des Leidens. Wenn ich mir abends die Tagesschau ansehe, wie soll ich da noch an Gott glauben können! Wie kann Gott das alles zulassen? Wenn es ihn gibt, müßte er doch eingreifen! Wie kann es zu Auschwitz, Hiroshima, Sarajevo usw. kommen, wenn es einen Gott gibt? Warum all das unsägliche Leid, die bodenlosen Ungerechtigkeiten, die enttäuschten Hoffnungen und die ungezählten Opfer?

Auf diese Fragen kann kein Mensch eine allseits befriedigende Antwort geben, auch der frömmste nicht. Daß diese Leiderfahrungen überhaupt zum „Fels des Atheismus" (Georg Büchner) werden, liegt aber vor allem daran, daß Gott die Eigenschaften „lieb, gütig, barmherzig, allmächtig, allwissend, allgegenwärtig" usw. zugeschrieben werden. Diese Gottesvorstellung bringt nun aber zwangsläufig das Faß zum überlaufen. Ein gütiger und allmächtiger Gott kann angesichts menschlichen und auch kreatürlichen Leidens wohl nur noch als Sadist verstanden werden, sofern er eben helfen könnte und es nicht tut. Oder?

wer ist „schuld"?

Exakt an diesem Punkt liegt jedoch der sachliche Knoten, der sich nur „lösen" läßt, wenn wir uns die gedanklichen Voraussetzungen dieses Gegenargumentes etwas genauer vor Augen führen.

Hier werden nämlich mit der schmerzlichen und unbezweifelbaren Erfahrung des Leidens in vielen Köpfen (ohne es zu merken) gleich zwei Ideen zwecks Interpretation dieser Erfahrung verknüpft.

Erstens: Die Ursachen für all das Leid auf dieser Welt übersteigen die menschlichen Möglichkeiten, also sind übernatürliche Mächte mit im Spiel, für die zuletzt wieder Gott zuständig ist bzw. dafür gehalten wird. So wird unser Schicksal – und das soll dieser Begriff ja genau so zum Ausdruck bringen – unmittelbar mit Gott in Verbindung gebracht. Er schickt, was uns geschieht. Irgendwie müssen wir schließlich einen Absender finden, den wir für das Geschehen verantwortlich machen können. Müßten wir andernfalls nicht völlig verzweifeln angesichts von soviel widersinnigem, absurdem Leid, das dann ohne jeden Sinn bliebe?

Zweitens: Diese Leiderfahrung wird nicht nur grundsätzlich mit Gott in Verbindung gebracht, sondern mit einem besonderen Gott, einer sehr spezifischen Vorstellung von

Gott: dem lieben, gerechten, allmächtigen usw. An einen solchen Gott zu glauben, verstärkt nur noch den bitteren Beigeschmack jeder Leiderfahrung. Da muß es nicht verwundern, wenn immer mehr Menschen sich von diesem kirchlich verkündeten Gott verabschieden. Glaube und Alltagsleben können unter so widersprüchlichen Vorzeichen beim besten Willen nicht mehr miteinander in Einklang gebracht werden.

An diesem Denkmuster darf sicherlich in nochmals doppelter Hinsicht Kritik geübt werden.

Einerseits gilt bei vielen Unglücksfällen, daß sie schlichtweg nichts mit Gott zu tun haben. Kriege, Attentate, Verkehrsunfälle usw. sind und bleiben Menschenwerk. Natürlich liegt nicht in jedem Fall ein absichtliches Handeln vor. Der Autofahrer *wollte* das Kind nicht überfahren; er konnte nur nicht mehr rechtzeitig bremsen, als es so plötzlich auf die Fahrbahn lief. Manchmal sind es eben so vertrackte Situationen, die zu einem tödlichen Unglück führen und einen Beteiligten zum Täter machen, zum unbeabsichtigt Schuldigen.

Manches Leid hat auch mehr mit sogenannten *strukturellen* Gründen zu tun. Für das zunehmende Elend der lateinamerikanischen Kleinbauern und Landarbeiter zum Beispiel sind weithin die von den Industriestaaten festgelegen Handelsbedingungen verantwortlich. Diese übergreifenden Strukturen des Welthandels sorgen mittelbar dafür, daß die Arbeit eines Kleinbauern laufend schlechter bezahlt wird, er mit seiner Familie in die nächste Großstadt abwandern muß, sein Sohn beim „Organisieren" des Nötigsten mit der Zeit zum Kriminellen wird, seine Tochter sich und die Familie durch Prostitution über Wasser halten muß...

Aber welche Einzelperson aus der Wohlstandswelt könnte mit Recht für das Leid dieser Familie verantwortlich gemacht werden?

Du siehst, die Benennung von Ursachen und Tätern kann teilweise verflixt schwierig oder gar unmöglich werden. Obwohl das logischerweise nichts und niemanden, der darin verstrickt ist, entschuldigen kann.

Zuletzt müssen wir auch einräumen, daß für bestimmte Leidumstände niemand wirklich „schuldig" gesprochen werden kann: Erdbeben, Vulkanausbrüche, Überschwemmungen, Stürme, Blitzeinschläge und anderes haben keine Zielrichtung, sie schädigen blind. Da also bei derartigen Vorkommnissen kein „Jemand" im Hintergrund steht, kann man leider auch niemanden anklagen, anschreien oder verfluchen.

Fazit: Der wohl größte Teil allen Leides wird durch uns Menschen verursacht. Gott steht als möglicher „Absender" gar nicht zur Debatte. Es ist daher meistens falsch zu fragen, warum Gott bei diesem Elend oder jener Katastrophe tatenlos zuschaut und die Menschen leiden läßt! Vielfach muß die Frage ganz realistisch und provozierend lauten:
Warum lassen wir das alles zu?

Ob Gott damit völlig aus dem Schneider ist, lasse ich jetzt mal dahingestellt. Die Überlegung, wie Gott zu den Ereignissen dieser Welt steht, was er letztlich damit zu schaffen hat, enthält mehr theologischen Sprengstoff als auf Anhieb zu vermuten ist.

wer ist gott?

Ein anderer Kritikpunkt bezieht sich auf die detailliert festgeschriebenen Eigenschaften Gottes. Es handelt sich um Menschenworte, die ein Gegenüber zu beschreiben versuchen, das so sicher und so genau nicht zu beschreiben ist. Allzuviel allzu genau über Gott zu „wissen", hat in der Religionsgeschichte bekanntermaßen die Menschen auf ziemlich gottlose Wege gelockt, die weder mit wirklicher Religion, noch mit einem Glauben zu tun hatten, der diesen Namen verdient. Was da hochgehalten wurde, muß eher als ein selbstgezimmertes Götzenbild bezeichnet werden. Intoleranz, Verfolgung und Scheiterhaufen wachsen verteufelt gut auf solchem Boden. Ähnliches geschieht allerdings mindestens ebenso oft und unbemerkt im rein zwischenmenschlichen Bereich. Je näher Dir ein anderer Mensch steht, je enger Du mit ihm zusammenlebst, desto „fester" wird mit der Zeit das Bild, das Du Dir von ihm machst. Schließlich kennst Du ihn ja recht genau. Eben daran liegt es.

Jeder von uns hat doch auch ein Recht, sich ändern zu dürfen, sich weiter zu entwickeln. Das wird aber um so schwieriger, je spürbarer andere uns auf ein bestimmtes Rollenbild festlegen bzw. wir uns solchen Rollenerwartungen allmählich anpassen. So werden eventuell wichtige Schritte zur Reifung und Entfaltung verhindert. Seien wir ehrlich, wir alle haben ein Leben lang mit derartigen Erwartungshaltungen zu kämpfen, mit den Rollen, die wir spielen sollen oder auch wollen. – Oder wie ist das bei Dir?

Kannst Du Dir nun ahnungsweise vorstellen, welche unseligen Knoten im Gehirn durch solche festgerosteten Bilder entstehen können? Das gilt unter uns Menschen in gleicher Weise wie im Blick auf Gott. Er hat's nicht gerade leicht mit uns – und wir nicht mit ihm.

Alle geäußerte Kritik an den Gottesvorstellungen/Gottesbildern darf aber nicht zu dem Schluß führen, bildliche Phantasien folglich besser ganz sein zu lassen, sie als dumm und gefährlich einzustufen oder sie gar (auch bei sich selbst) zu verbieten. Wir Menschen neigen dazu, das Unsichtbare sichtbar und das Unbegreifbare wenigstens ansatzweise verstehbar zu machen. Von einem Gott zu reden, der unsichtbar, aber dennoch irgendwie „da" sein soll, verführt geradezu unsere Einbildungskraft zum „Ausmalen" dieser alles umfassenden Wirklichkeit, genannt Gott. Die Kunstgeschichte quillt über von Versuchen dieser Art, und das nicht nur bezüglich religiöser Motive. Hat sie jemals etwas anderes darzustellen sich bemüht, als genau das in Bildern, Skulpturen usw. auszudrücken, was sich anders sonst gar nicht zeigen läßt?

Eine Nummer kleiner: Jedes in eine Baumrinde geschnitzte Herz mit Initialen, jeder Kuß, jedes Geschenk, jedes gute Wort wollen Ausdruck für das sein, was zwischen den Beteiligten „da“ ist, nämlich Liebe, Freundschaft, Zuneigung.

Auf welchem Wege könnte das Eigentliche, was nun mal wirklich, aber eben als solches unsichtbar ist, denn sonst deutlich und sinnlich erfahrbar gemacht werden? Ich kenne keinen anderen Weg als den über Zeichen und Symbole. Das gilt ebenso in Sachen Gott. Ohne bildliche Tastübungen bleibt jede Rede von Gott eine blutleere Abstraktion. Erst unsere Phantasie bringt ihn ein Stückchen näher, hält die Idee Gott am Leben und macht den Glauben etwas farbiger und sinnlicher.

Aber wenn die Ausmalungen nicht mehr nur als subjektive Bilder, als stammelndes Bemühen angesehen werden, etwas Unfaßbares ein bißchen „anschaulich“ werden zu lassen, heißt es aufpassen. Dieses Warnschild nicht zu übersehen, ist eigentlich sogar beste biblische Tradition. Aber darauf komme ich gleich noch zurück.

Laß mich die vorangegangenen Überlegungen zum Verhältnis von Leiderfahrung und Gottesbild noch mal kurz auf den Punkt bringen:

Von einem so exklusiv positiven und festgefügten Gottesbild auszugehen, das den teils grausamen Realitäten des Lebens nicht standhält, so daß man an einem derart konstruierten Gott letztlich nur verzweifeln kann, ist gewiß nicht der richtige Weg. Mir scheint hier eine Umkehr der Perspektive nötig und hilfreich. Ausgangspunkt bleibt auf jeden Fall die konkrete Lebens- und Leiderfahrung, mit der wir zurechtkommen müssen, aber eben nicht der Glaube an Gott bzw. ein bestimmtes Gottesbild. Bei dieser Ausgangslage stellt sich dann zwangsläufig die Frage, wie wir mit den stets wiederkehrenden Leiderfahrungen „fertig“ werden können, was uns hilft, uns Mut und Kraft gibt, um besonders gegen die Ursachen des vermeidbaren Leids anzukämpfen.

Kann es von daher gesehen nicht ein motivierender Gedanke sein, daß es mit dem, wie wir die Welt nun mal erleben, noch nicht getan ist, daß es darüber hinaus ein „Mehr" gibt, wo alles irgendwann einmal zu einem guten Ende finden kann? Kann es nicht ein kraftspendender Trost und ein ermutigender Glaube sein an ein solches „Mehr", an Gott zu glauben, woraus Menschen immer neu das Fünkchen Hoffnung ziehen, um den Schattenseiten des Lebens das not-wendige „Trotzdem" entgegensetzen zu können? Lohnt es nicht, daran zu glauben oder es wenigstens ständig neu zu versuchen?

Was meinst Du? Was hilft Dir, wenn es Dir dreckig geht, wenn Du traurig und alleine bist?

Sicher ist es gut, wenn dann die Familie oder ein guter Freund zur Stelle ist, um Dich wieder aufzupeppeln. Aber woher nehmen sie ihrerseits die Kraft und Motivation zur Mitmenschlichkeit? Freundschaft oder Verwandtschaft sind gewiß triftige Gründe. Doch reichen sie aus auf Dauer und auch dann, wenn wirklich Opfer zu bringen sind an Zeit, Geduld oder Geld? Müßte nicht noch etwas dazukommen, die Grundüberzeugung, daß es sich überhaupt „lohnt", gut zu sein, der Glaube, daß das Leben insgesamt einen Sinn hat oder bekommt und dadurch jedes Engagement für Frieden, Gerechtigkeit und die Bewahrung der Schöpfung von bleibendem Wert ist?

Du merkst sicher schon, wie groß die Bedeutung der Spielkarte „Hoffnung" wird. Und das aus gutem Grund. Versuche einmal selbst zu formulieren, was Du für Dich und uns alle in der Zukunft erhoffst! – Woher nimmst Du den Grund für diese Hoffnung? Auf welche „Spielkarten" setzt Du dabei: die eigenen Talente, das Glück, den Zufall, den wissenschaftlichen Fortschritt oder den reichen Onkel?

Es ist schon spannend, bei sich selber gelegentlich ein wenig nachzugraben!

eins zu tausend

Vorhin habe ich schon angedeutet, es sei sogar gute biblische Sitte, von Gott ganz bewußt in einer Vielzahl von Bildern zu erzählen, um diesen Glauben offen und lebendig zu erhalten. Das ist so ähnlich wie bei einem echten Kunstwerk. Es gibt zum Beispiel Bilder, die locken zwar im ersten Moment das Auge an, üben eine gewisse Faszination aus, sind jedoch nach kurzer Zeit „leergeschaut".

Verstehst Du was ich meine?

Als Junge etwa, da schmückte ich mein Zimmer mit mehreren Postern, die rassige Rennwagen, einen romantisch-kitschigen Sonnenuntergang am Meer und ähnliche Motive zeigten. So toll ich sie zu Beginn fand, so reizlos wurden sie auf die Dauer. Meine Phantasie wurde von ihnen nicht mehr angeregt, nicht mehr herausgefordert. Was es auf diesen Postern zu sehen gab, hatte ich gesehen. Ihr Reiz war verflogen. So flogen in der Folge schließlich auch die Rennwagen und Sonnenuntergänge von der Wand. Neues Seh-Futter war gefragt.

Kennst Du das?

Später fand ich neue und aufregendere Objekte, an denen mein Auge und meine Phantasie hängen blieben. Je mehr mich ein Kunstwerk gleich erahnen ließ, es gäbe bei jedem weiteren Hinsehen noch mehr zu sehen als so auf den ersten Blick, desto mehr war meine Entdeckerlust angestachelt, z.B. bei Gemälden von Salvador Dali, Zeichnungen von Raffael, Leonardo oder Escher, Fresken von Michelangelo, Skulpturen von Rodin und vielen anderen mehr. Auch mit der Musik sind solche Erfahrungen möglich. Seien es klassische Symhonien oder Werke der neueren Rock- und Popmusik. Dazu fallen Dir selber wahrscheinlich genügend Beispiele ein. Das Erstaunliche an diesen Kunstwerken ist ja, daß man sie nicht so schnell „satt" hat, sich so ein Bild oder Musikstück zum hundertsten Male zu Gemüte führen kann – und doch ist noch nicht alles gesehen und gehört, was drinsteckt. Oft werden in einem selbst je nach Situation irgendwelche Gedanken, Erinnerungen oder Gefühle wachgerufen. Darüber läßt sich immer wieder neu staunen. Es mag wesentlich damit zusammenhängen, daß wir selbst jeweils andere (geworden) sind. Wir verändern uns dauernd, entwickeln uns fort, lernen und erfahren ständig etwas hinzu. Und so bin ich nach Jahren eben nicht mehr der Zuschauer oder Hörer, der ich einmal war. Mein Sehen ist unterdessen ein anderes geworden, weil ich ein anderer geworden bin. Meine Interessen und Wertschätzungen sind nicht mehr unbedingt die gleichen. Daher kann ich plötzlich in einem Bild, einer Statue, einem Gedicht, einem Film usw. etwas „sehen", das mir vorher gar nicht aufgefallen ist, ja was mir als dem, der ich damals war, gar nicht auffallen *konnte.* Ich hatte noch keinen Blick dafür, wie man so sagt. Jeder sieht das, was er sehen *kann,* weil er so ist, wie er ist.

Aber schon die vergleichende Erfahrung der völlig verschiedenen Seh-weisen im Wechsel meiner eigenen Lebensphasen zeigt mir, wie relativ das alles ist, was ich jetzt sehen, denken und fühlen kann. Trotzdem hat es für mich zu diesem Zeitpunkt volle Gültigkeit. Diese Einsicht hat mich gelehrt, ein bißchen mehr Geduld mit mir selbst zu haben und etwas toleranter zu werden gegenüber den manchmal so fremdartig anderen Sichtweisen meiner Mitmenschen. Erst das Zusammenspiel der Perspektiven würzt unser Leben und hilft uns einen Schritt weiter, das Ganze zu sehen.

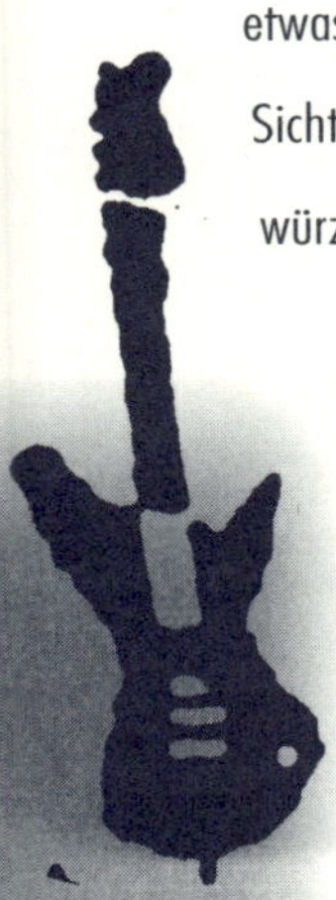

der gott der bibel

Hinsichtlich des Redens von Gott kann man auch die Bibel mal unter diesem Aspekt durchforsten. Was dabei herauskommt, ist für die meisten Leute eine echte Überraschung, weil sie mit diesem Buch vollkommen andere Bilder verbinden.

Wie ist das bei Dir? Welche Stichworte, Namen, Geschichten usw. fallen Dir beim Stichwort „Bibel" ein? Und, da wir gerade beim Thema sind, was hast Du je darüber gehört, gelernt oder gelesen, wie in der Bibel von Gott gesprochen wird? Welchen Nachgeschmack hat das alles bei Dir hinterlassen? Woher kommt das?

Egal, ob Deine eigene Bilanz nun eher positiv oder eher negativ ausfällt, was von den biblischen Geschichten auf Dauer hängenbleibt, was uns irgendwie beeindruckt, uns sogar nachhaltig beeinflußt, ist in der Regel davon bestimmt, wie wir dieses Buch kennengelernt haben. Sofern dieses Kennenlernen mit Spiel und Spannung zu tun hatte, ist sicher mehr „rübergekommen", als wenn es nur trockener Lehrstoff im Rahmen von Schul-, Firm- oder Konfirmationsunterricht ist. Wer Letzteres durchgemacht hat, ist vielfach für den Rest seines Lebens entweder massiv bibelgeschädigt oder hat zumindest den Eindruck, in dieser Sache ein für allemal genug gelernt zu haben.

Das ist sehr schade, denn die Bibel verdient gewiß ein anderes Ansehen, als für langweilig, verstaubt und weltfremd gehalten zu werden. Sie ist nicht nur das Buch, das unsere Kultur entscheidend mitgeprägt hat, auch ist ohne sie die gesamte abendländische Literatur-, Kunst- und Rechtsgeschichte kaum denkbar; ebensowenig wie die Entwicklung der modernen Wissenschaften und viele politische Zusammenhänge.

Die eigentümliche Wirkung, die von der Bibel ausging und die bis in unsere Tage hinein ungebrochen ist, springt einem aber nicht so unmittelbar ins Auge, wenn man ihre Seiten aufschlägt. Damit sie einem etwas „geben" kann, verlangt sie auch etwas: ein offenes Ohr, ein offenes Herz und die Bereitschaft, ihr ein Stückchen entgegen zu kommen. Das meint einerseits das Interesse an den Hintergründen von Geschichte, Sprache und Kultur, zum anderen ein intensives Abhorchen ihrer Geschichten, ein Sich-Hineindenken und Hineinfühlen, das erst ein Lesen „zwischen den Zeilen" ermöglicht. Dort steht nämlich oft das, worauf es ankommt.

Doch zurück zu unserer Suche nach dem Gott der Bibel. Was ich Dir dazu zeigen möchte, will ich nun aber nicht bloß in ein paar Sätzen hier auflisten. Wenigstens beim ersten der beiden Beispiele kannst Du selber mitwirken. Dafür brauchst Du eine Bibel (wenn möglich die sogenannte „Einheitsübersetzung") und einen Stift.

Falls Du also gerne selber etwas herausfinden möchtest, nimm Dir einen Moment Zeit und schlage die folgenden Bibelstellen nach und notiere Dir daneben, wie an diesen Stellen von Gott gesprochen wird. Laß Dich nicht entmutigen, wenn das Finden der Textstellen nicht sofort gelingt. Dieses Buch ist eine ganze Bibliothek, mit der man sich zuerst ein wenig vertraut machen muß, und das Herumblättern verlangt dann eben seine Zeit. Vielleicht findest Du dabei ja auch noch anderes...

bilder von gott

Deuteronomium 32, 11 ______

Psalm 22, 10-12 ______

Psalm 91, 4 ______

Jesaja 49, 15 ______

Hosea 11, 1-4 ______

Hosea 13, 4-8 ______

Matthäus 23, 37 ______

Du wirst mir sicher zustimmen, diese Gottesbilder sind etwas ungewohnt, entsprechen so gar nicht dem herkömmlichen Bild von der „Heiligen Schrift". Wenn ich mich nicht sehr irre, kommt es weitaus häufiger vor, daß wir dem biblischen Gott eher als Herr, Richter, Heerführer, Rächer, König, Schöpfer oder unter anderen männlichen Titeln begegnen. Daß uns diese Vorstellungen vertrauter sind, liegt daran, daß die jüdische sowie die spätere christliche Überlieferung vorwiegend in Männerhänden lag. Männliches Denken, Fühlen und Handeln führte daher zu einer geschlechtlich einseitigen Färbung der biblischen Schriften. Als unzulässige Einengung möglicher Sicht- und Redeweisen konnte das aber erst bewußt wahrgenommen werden, als eine wachsende Zahl von Frauen den Mut aufbrachte, die angelernte und verinnerlichte männliche „Brille" abzulegen und die Bibel nun mit den eigenen weiblichen Augen zu lesen. Diese neue Lesart der alten Geschichten machte unter anderem klar, wieviel an weiblicher Perspektive und Lebensart in der Bibel bislang übersehen, unterschätzt oder gar absichtlich verschwiegen worden waren. Nicht nur die Frauengestalten im Alten und Neuen Testament erschienen jetzt in einem anderen Licht, erst recht das gesamte Reden von Gott mußte einer gründlichen Revision unterzogen werden.

Ein solcher Perspektiven-Wechsel, der nicht nur eine Nebensache des Glaubens betrifft, sondern das Herzstück selbst, geht natürlich nicht ohne Widerstände vor sich. Seit gut einer Generation (etwa Mitte der Sechziger Jahre) entwickelt sich im Christentum eine „Feministische Theologie", die die alte biblische Tradition unter Einbeziehung des anderen Geschlechts neu zu verstehen und zu vermitteln versucht. Das verlangt, und zwar nicht nur von den Männern, ein reichliches Maß an Umdenken und neuem Sehen dessen, was seit jeher doch klar und richtig zu sein schien. Hier geschieht in der Theologie und der Kirche genau das, was ich vorhin über das Festrosten und Neuentdecken gewohnter Bilder angedeutet habe.

Von Gott also exklusiv in männlichen Bildvergleichen zu reden, darf als einäugig und keineswegs „sachgerecht" gelten. Aber auch das Gegenteil kann nicht der Weisheit letzter Schluß sein.

Gott eine Frau? Sicherlich nicht. Denn es kann nicht sonderlich klug sein, von der einen Einseitigkeit in die andere zu verfallen. Alle Bilder von Gott sind und bleiben relativ, können den Gemeinten auch nicht entfernt „einfangen". Gerade die über viele Jahrhunderte hinweg unhinterfragt als wahr angenommene Männlichkeit Gottes zeigt uns nachträglich, wie abhängig unsere Gottesbilder von unseren sehr menschlichen Gegebenheiten sind. Nicht nur das Geschlecht spielt dabei eine Rolle, ebenfalls die Hautfarbe, die Gesellschaftsform, die wirtschaftlichen Verhältnisse und anderes mehr. Diese Bedingungen unseres Redens von Gott müssen wir uns immer wieder bewußtmachen, um nicht an einem bestimmten Bild hängenzubleiben, und dieses dann zur alleinigen Wahrheit zu erklären.

Das wäre nicht mehr Religion, sondern Ideologie, also eine Lehre, die als unfehlbar hingestellt wird. Jede Infragestellung dieser gepachteten Wahrheit muß gefährlich werden und hat schon manchem Kritiker den Kopf oder die Lehrerlaubnis gekostet.

Ich will es nochmals unterstreichen: An bildlichen Vorstellungen und Vergleichen führt kein Weg vorbei. Sie sind als solche nicht gottlos und verwerflich, sie sind vielmehr höchst menschlich. Das ängstliche oder verbohrte Festklammern an *einer* Sicht zerstört allerdings die inspirierende und befreiende Kraft, die von einer Vielfalt von Bildern ausgeht.

Das berühmte Gleichnis von den Blinden und dem Elefanten gibt die Sachlage ziemlich treffend wieder:
In ein Dorf, in dem nur Blinde lebten, kam einst ein Fremder auf einem Elefanten. Keiner der Dorfbewohner kannte ein solches Tier, und so waren sie neugierig, es zu betasten. Einer umfaßte ein Bein und sagte: „Der Elefant ist wie eine Säule!" Ein

anderer erfaßte den Rüssel und rief: „Der Elefant ist wie ein langer dicker Schlauch!“ Der, der den Schwanz in Händen hielt, behauptete, der Elefant sei wie ein festes Seil. Allein der Fremde, weil er sehen konnte, lachte über die Blinden...

Natürlich hätten die Blinden die offenkundigen Widersprüche ihrer Aussagen über den Elefanten ganz einfach ausräumen können. Ein simpler Platztausch der Beteiligten brächte schon die Einsicht, daß die Behauptung des anderen fühlbar *auch* richtig ist. So hätten sie alle ihre Aussagen gegenseitig bestätigen können. Doch wären sie trotzdem noch nicht viel weiter. Denn sämtliche sich scheinbar gegenseitig ausschließenden Beschreibungen des Elefanten sind an sich völlig korrekt. Die Blinden haben also gleichzeitig alle recht *und* unrecht! Jeder erfaßt wirklich einen Teil des Elefanten, aber eben nur einen Teil, hält aber seine Erkenntnis für die ganze Wahrheit. Keiner von ihnen verfügt jedoch über einen Gesamteindruck des Tieres. Selbst wenn sie ihn in aller Ruhe rundherum abtasten könnten, entspräche das Tastbild vor ihrem geistigen Auge noch lange nicht der Realität. Die Farbe des Tieres bliebe ihnen verborgen, erst recht der Charakter eines Elefanten.

Du merkst schon selber, wo die Parallelen liegen. Wir Menschen sind den Blinden mit ihren Tastversuchen verdächtig ähnlich. Mit Offenheit und redlichem Bemühen erreichen wir im Denken und in der Erfahrung vielleicht den „Rockzipfel“ Gottes – und könnten uns nun einbilden, Gott zu kennen.

Es ist zwar Stückwerk, ein Eckchen nur vom großen Mosaik, dennoch bleibt es eine reale Erfahrung und ein vernünftiger Gedanke. Ein Rockzipfel ist zwar vergleichsweise nicht viel, aber er ist nicht zu verachten, denn ihn habe ich wenigstens. Und wenn wir unsere subjektiven und teils widersprüchlichen Erfahrungen und Ideen ergänzend nebeneinander legen, dann – finde ich – haben wir eigentlich schon recht viel, wenn man bedenkt, um was es geht.

Soviel zur Not und Notwendigkeit von Gottesbildern im allgemeinen.

ijobs gott

Auf eine ganz besondere Variante des Themas möchte ich jetzt noch zu sprechen kommen. Sie schließt an das an, was ich im vorigen Abschnitt über das Leid angedeutet habe. Ein warnendes Beispiel vor einem allzu festgefügten Gottesbild ist schon in der Bibel selbst durchbuchstabiert und gehört zu den herausragenden Texten der Weltliteratur. Es ist das Buch Ijob im Alten Testament. Die Story vorab in sträflicher Kürze:

Ein reicher und frommer Mann (Ijob) wird zum Gegenstand einer Wette zwischen Gott und dem Satan. Letzterer behauptet, Ijob sei nur deshalb ein gottesfürchtiger Mann, weil er im Wohlstand lebe und Gott seine schützende Hand über ihn halte. Gott läßt sich darauf ein, Ijob und seinen Glauben zu prüfen. Satan dreht nun am Schicksal dieses Mannes, der Stück für Stück seinen Besitz verliert und zum Schluß nicht nur völlig verarmt dasteht, sondern er ist zudem auch schwer krank und voller Schmerzen. Niemand versteht, daß er trotzdem an seiner Frömmigkeit festhält. Unter solchen Lebensbedingungen noch an einen guten Gott zu glauben, das scheint seiner Frau und den Freunden eher unverständlich. Doch Ijob ringt mit seinem Glauben, mit sich und mit Gott. Am Ende der Geschichte geht es ihm wieder gut. Aber es ist kein Happy-End im üblichen Sinne. Ijob hat sich verändert, ebenso wie sein Bild von Gott.

Früher hatte er mit allen anderen geglaubt, Gott vergelte jedem Menschen nach seinen Taten, d.h. dem guten Menschen ergeht es auch gut, dem Sünder dagegen schlecht, weil er nicht den Weisungen Gottes folgt. Leid ist daher lediglich eine Strafe Gottes für eigene Vergehen. Ijobs Freunde halten ihm im Elend nun vor, er müsse also entsprechend schwer gesündigt haben, weil Gott ihm nun solche Übel aufbürde. Ijob ist sich jedoch keiner Schuld bewußt und verwirft diese Interpretation seines Schicksals und damit diese Gottesvorstellung. Vielmehr müsse man, so antwortet er, aus der Hand Gottes auch das annehmen, was einem nicht schmeckt, statt ihm nur für die Schokoladenseiten des Lebens dankbar zu sein.

Der Verfasser des Ijob-Buches liefert seinen Lesern letztlich auch keine alternative „Theorie" über Sinn und Ursache des Leids in der Welt. Ijob ist der Mensch, der gelernt hat, Gott „mehrdimensional" zu sehen, ihm nicht nur (weil es uns so passen könnte) die guten Seiten zubilligt, sondern auch Schattenseiten – wenn wir mal wieder diese sehr menschlichen Kategorien heranziehen. Für Ijob ist Gott immer mehr zu dem geworden, den er lediglich als das größere Gegenüber annehmen kann, das er aber nie in seiner Eigenart begreifen wird. Trotz aller Unbegreiflichkeit sieht er allerdings genügend Grund, auf diesen Gott zu setzen, an ihm und in diesem Glauben einen tragenden Halt zu finden. Ist das etwa keine Herausforderung!?

Lies doch mal selbst in einer stillen Stunde diese Seiten des Alten Testaments. Ich glaube, das tut niemand ohne Gewinn.

die innenseite der außenseite

Am Beginn dieses Kapitels sagte ich Dir schon, wie schwer ich mich tue, in so geballter Form ausschließlich über Gott zu reden. Zum einen, weil es definitiv nicht viel zu wissen gibt und sich bestenfalls die Richtung eines vernünftigen Nachdenkens über ihn klarstellen läßt. Andererseits, weil ich selber mehr als hinreichend erfahren habe, wie überaus selbstverständlich und geradezu inflationär im kirchlichen Raum das Wort „Gott" im Munde geführt wird. Das erweckt zwangsläufig den Eindruck, als sei der Gemeinte ein langjähriger Freund, den man eben recht gut kennt und von dem man gern immer wieder eine Anekdote erzählt. Hier sind dann Zweifel und Unsicherheit unangebracht. Weiße Flecken auf der religiösen Landkarte: Fehlanzeige. Scheinbar.

Natürlich können wir um das Wort „Gott" nicht einfach einen Bogen machen.
Doch wenn es quasi in jedem zweiten Satz vorkommt, ist die Gefahr sehr groß, daß es

zur Leer-Formel wird. Es bezeichnet dann alles und nichts, weil es restlos zerredet und ausgelaugt wurde.

Das ist so ähnlich, wie wenn Du Deinen schönsten und wertvollsten Teppich, um ihn stolz allen zu zeigen, mitten auf den Marktplatz legen würdest. Die anfängliche Freude und Bewunderung für das gute Stück ist bald dahin. Das Gewebe ist vom vielen Betreten abgenutzt, die Farben sind verblaßt, die Schönheit ist nur noch Erinnerung. Schließlich wird er von niemandem mehr wahrgenommen und beachtet.

Sag selbst, darf man sich dann noch über den Zustand des Teppichs beklagen?

Verstehst Du nun mein Unbehagen mit diesem Kapitel? Dennoch werde ich hier nicht einfach so aufhören, da ich davon überzeugt bin, Dir auf jeden Fall in der Sache noch ein paar Sätze schuldig zu sein. Das bezieht sich speziell auf die Grundlage des christlichen Redens von Gott. Für das Christentum gibt es nämlich einen zentralen Angelpunkt:
die Person des Jesus von Nazaret.

wer ist jesus?

Daß hier eben nicht ein Buch (als maß-gebende „Heilige Schrift") oder eine Lehre im Mittelpunkt stehen, sondern ein Mensch, verleiht dieser Religion schon einen besonderen Anspruch. Die Auseinandersetzung mit einer Lehrtradition ist eine Sache, die bewußte und herausfordernde Konfrontation mit einem konkreten Menschenleben, einem provozierend ungewöhnlichen Lebensmodell, ist etwas anderes. Zum wirklichen Verstehen reicht da der Kopf nicht aus. Es geht ums Ganze: um meine gesamte Person mit Leib und Seele, um das, was ich mit meinem Leben anfange sowie um ein gelingendes Miteinander, mit anderen, mit der Natur und mit Gott.

Es klingt auf Anhieb vielleicht etwas eigenartig, aber es scheint mir notwendig hervorzuheben, daß das Christentum genaugenommen keine Lehre ist. Der christliche Glaube ist eine *Lebenshaltung,* der ständig neue Versuch einer Lebenspraxis, die sich an Jesus orientiert.

Wer dieser Jesus war und wieso er nach zweitausend Jahren für uns immer noch ein Maßstab von Menschlichkeit sein kann, läßt sich nur herausfinden, wenn man sich ein wenig ins Neue Testament hineinkniet. Da ich aber an dieser Stelle keinen diesbezüglichen Einführungskurs beginnen möchte, werde ich die wesentlichen Aspekte aus meiner Sicht so kurz und gut wie möglich wiedergeben.

Was vor allem die vier Evangelien über Jesus erzählen, und was sich dort insbesondere zwischen den Zeilen lesen läßt, ergibt etwa folgendes Bild des Mannes aus Nazaret:

Er war kein Macho, obwohl er in einer höchst männerzentrierten Gesellschaft aufwuchs. Vielmehr ist er über seine geschlechtliche Rolle als Mann hinausgewachsen und hatte zu Frauen ein auffällig unverkrampftes Verhältnis. Er unterlag, gerade als Mann, nicht der bis heute verbreiteten „Macher-Mentalität", die immer versucht, das Leben „in den Griff" zu kriegen, über alles und jeden Macht auszuüben. Vielmehr lebte er ganz bewußt im Hier und Heute, schätzte den Wein und das fröhliche Feiern, weil er aus einem tiefen Bewußtsein der Geborgenheit in Gott heraus lebte. Er war kein Angepaßter, der sich mit der ihn umgebenden Gesellschaft arrangiert, da die Welt nun mal so ist und „man als Einzelner sowieso nichts machen kann". Vielmehr lag er dauernd im Clinch mit konservativen Zeitgenossen, wenn es um gesellschaftliche, politische und speziell religiöse Erwartungen und Spielregeln ging. Er vertrat „unmögliche" Ansichten über Leute, mit denen man am besten nichts zu tun hat: Pennern, Prostituierten und Punks, ansteckend Kranken, Krüppeln und Kapitalisten. Alle, die ausgestoßen und untergebuttert wurden – dazu gehörten damals auch Frauen und Kinder – fanden in ihm einen Anwalt, erhielten ein tröstendes Wort und ein wenig Zuneigung, die ihnen von den anderen verweigert wurde.

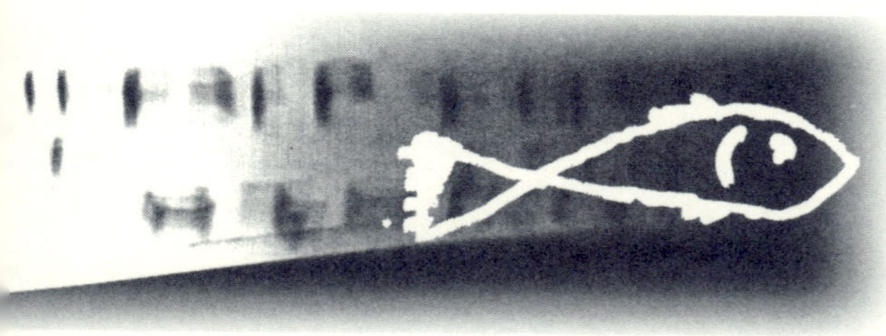

Jesus war außerdem kein einsamer Held, auch wenn dies die spätere Verehrung so nahezulegen scheint. Vielmehr lebte er mit Freunden und Freundinnen zusammen, zog mit ihnen durchs Land und legte besonderen Wert auf diese Gemeinschaft, die anders sein sollte als sonst üblich.

Diese und noch andere Merkmale und Eigenheiten seiner Person bilden jedoch mehr die äußerliche Seite seines außerordentlichen Lebens. Was letztlich aber die Faszination des Nazareners ausmacht, bleibt uns schwer faßbar. Er muß eine so ungewöhnliche Wirkung auf seine Mitmenschen gehabt haben, etwas in ihnen angesprochen und ausgelöst haben, was ihren tiefsten Wünschen und Sehnsüchten auf sonderliche Weise entsprach, so daß die Begegnung mit ihm für manche merkwürdig verändernd und heilsam war.

Seine provozierend andere Lebensart paßte auffällig zu dem, was er sagte. Er war ein Wanderprediger, einer der von Dorf zu Dorf zieht und den Menschen eine Botschaft bringt. Er erzählte den Menschen Geschichten davon, worum es im Leben tatsächlich geht und warum die Welt leider so ist, wie sie ist. Seine „Vision" von einem guten Leben für alle, das nicht mehr bestimmt wird von Angst, Unterdrückung, Haß, Machtstreben, Hunger, Ausbeutung, Leistungsdruck usw. faßte er zusammen in dem Wort vom „Reich Gottes", das er in vielerlei Bildern und Gleichnissen umschrieb. Die konsequente Übereinstimmung zwischen dem, was er sagt und tut, begeistert seine Zuhörer und Beobachter immer wieder neu, einzelne sogar so sehr, daß sie mit ihm gehen oder zumindest an ihrem Platz ein neues Leben wagen, weil er ihnen Mut gemacht und eine hoffnungsvolle Perspektive für die Zukunft gezeigt hat.

gott – ein mensch?

Obwohl die öffentlichen Auftritte von Jesus insgesamt höchstens zwei bis drei Jahre gedauert haben dürften, veränderte sein Leben die Weltgeschichte wie kaum ein anderes Ereignis. Seine heilsame wie herausfordernde Erscheinung brachte viele Steine ins Rollen,

Massen zum Jubeln und Einzelne ins Grübeln. An ihm *mußten* sich am Ende die Geister scheiden. Für die Gegner war er lediglich ein Scharlatan und Rebell, der die Leute gegen die allgemein akzeptierte Religion aufhetzte und sich Dinge anmaßte, z.B. Sünden zu vergeben, die keinem Menschen zustehen, sondern Gott vorbehalten sind. Andere wiederum vermochten in ihm eine jener Prophetengestalten zu sehen, wie sie schon in früher Zeit aufgetreten waren und die als Kritiker von Kirche und Gesellschaft in Erinnerung blieben. Dann gab es welche – und mit ihnen begann die Ausbreitung des christlichen Glaubens –, die in diesem Mann aus Nazaret irgendwie Gott selber am Werke sahen. Sie waren der festen Überzeugung, den unsichtbaren und bislang unbegreiflichen Gott durch die Worte und Taten dieses Menschen auf eine unvergleichliche Weise wirklich erfahren zu haben. Sie sprachen von einer „Offenbarung", davon, daß Gott *Mensch geworden* sei (!) und drückten ihren Glauben an dieses einmalige Geschehen ihrerseits in Bildern, Vergleichen und Begriffen aus, mit denen wir uns nach so langer Zeit etwas schwer tun.

Begriffe wie „Erlöser", „Messias" oder „Sohn Gottes" sind unserer normalen Alltagssprache und Erfahrungswelt fremd und müssen erst „übersetzt" werden, damit sie uns etwas sagen. Der Gedanke, Gott sei in einem bestimmten Menschen auf besondere Weise „anwesend", war damals schon eine Ungeheuerlichkeit und hat an Brisanz bis in unsere Tage nichts verloren.

Was das, wenn es denn wahr ist, alles für Auswirkungen hat, muß man sich erst einmal Schritt für Schritt durch den Kopf gehen lassen. Denn wenn es wahr ist, kann nichts bleiben, wie es war.

Jedenfalls ist das der Dreh- und Angelpunkt des ganzen christlichen Glaubens: die sogenannte „Menschwerdung Gottes". Wer und wie Gott ist, verdeutlicht sich für Christen, soweit sich das überhaupt in Worte fassen läßt, in der Person des Jesus aus Nazaret. Wer und wie Gott für ihn war, zeigte Jesus durch seine Lebenspraxis und in seinen Reden.

Für ihn ist Gott da, wo Menschen sich versöhnen, einander helfen und vergeben; wo das überwunden wird, was Menschen davon abhält, ihr Leben eigenständig und in Freiheit zu gestalten; wo das verwirklicht werden kann, was in uns steckt; wo Nöte und Sorgen gemeinsam getragen und bewältigt werden; wo die Würde jedes Menschen und das Lebensrecht aller Geschöpfe geachtet werden usw.

In dieser Perspektive bleibt Gott keine überweltliche und lebensferne Größe, die mit meinen und unseren Problemen nichts zu schaffen hat. Der Gott, den Jesus (im doppelten Sinn des Wortes) vertritt, ist einer, der in dieser Welt vorkommt, der dort erfahren werden kann, wo Liebe und Solidarität gelebt werden. Mit einem sprachlichen Vergleich könnte man sagen: Gott wird vom Hauptwort zu einem Tätigkeitswort! Deshalb „passiert" Gott auch nicht erst oder nur in großen Gesten und Liebestaten. Er ist immer schon da. In jedem netten Wort und jeder Freundlichkeit. Aber er geht nicht darin auf. Selbst wo das, was der christliche Glaube mit dem Wort Gott meint, ganz hautnah und handgreiflich wird, hebt sich dieses Geheimnis nicht auf. Manchmal geht mir das mit denen, die mir am nächsten sind, ebenso.

Puh, bis hierher habe ich wieder eine Menge Worte gemacht, um Dir die Sache mit dem christlichen Gottesbild ansatzweise etwas näher zu bringen. Doch bleibt bei mir der Zweifel, ob das Gesagte auch so bei Dir ankommt, wie ich es meine. Schließlich ist die Sprache auch die Quelle aller Mißverständnisse.

Aus diesem Grunde setze ich darauf, daß die Worte ihre eigene Dynamik entwickeln können und dadurch vom Angedeuteten gerade das für Dich Wichtige und Passende hinübertragen.
Auf daß also das Angekommene seinerseits wirksam werde!

alles logo?

Bist Du gut in Mathematik? Das Spiel mit Zahlen, Zeichen und Formeln ist nun mal nicht jedermanns Sache. Aber selbst denen, die damit auf Kriegsfuß stehen, nötigt es einen gewissen Respekt ab. Immerhin ist das alles, daran gibt es keinen Zweifel, doch total logisch.

Allgemein steht die Logik bei uns in hohem Ansehen. Wer will schon in seinem Denken und Handeln als unqualifiziert, weil unlogisch abgestempelt werden. Folgerichtig und abstrakt denken zu können, gehört schließlich zu den Eigenschaften, die uns von den Tieren unterscheiden. Und obwohl wir zugleich auch wissen, daß man (logischerweise) mit Logik nicht alle Nüsse im Leben knacken kann, spannen wir sie immer wieder vor unseren Karren und versuchen, mit ihr ein Problem zu lösen.

Diese „Verführung“ gelang der Logik interessanterweise selbst dort, wo man sie am wenigsten vermutete: in der Religion.

glaube im gespräch

Wenn logisches Denken ein wesentlicher Charakterzug des menschlichen Geistes ist, bleibt ein so weitreichendes Gebiet wie die Religion natürlich davon nicht unberührt. Im Gegenteil. Schon in der Antike waren die Hochform des Denksports, die Philosophie, und die Religion untrennbar ineinander verstrickt. Das kritische Nachdenken über das religiöse Leben, über Gott und Götter, hat sich erst später als eigene Disziplin daraus entwickelt. Man nannte es dann Theologie.

Vor allem die Zweifler und die Gegner der Religion stellten den Gläubigen immer wieder Fragen nach der Wahrheit des Glaubens, nach vernünftigen Argumenten und erst recht nach logischen Gründen für die Existenz Gottes. So massiv befragt und herausgefordert zu werden, war und ist für jeden Glaubenden eine echte Feuerprobe – und darum unverzichtbar.

Es schützt einerseits den Glauben davor, in einen irrationalen Aberglauben abzurutschen, andererseits fördert das kritische Nachdenken über meinen Glauben die Möglichkeit eines vernünftigen Argumentierens. Dadurch vermag ich nicht nur dem, der zweifelt oder nicht glaubt, meinen Standpunkt ansatzweise zu erklären. Ich kann auch meinen Glauben, etwa gegenüber den Kindern, sachlicher vermitteln und guten Gewissens weitergeben. Die Auseinandersetzung mit dem Glauben ist zudem auch kein Unternehmen für Einzelkämpfer. Sie wird erst da richtig fruchtbar, wo mehr als zwei Augen zu sehen versuchen. Das ständige Nachdenken ist und bleibt der beste Prüfstein einer jeden religiösen Überzeugung. Nur auf diesem Wege kann sie sich bewähren.

Spätestens hier sollten aber auch die gefährlichen Kurven auf diesem Denkweg angezeigt werden. Man kann sich dort nämlich genauso verfahren und im Graben landen wie sonst im Leben. Das logische Erklären, das vernünftige Plausibelmachen, hat ebenfalls seine Grenzen. Diese nicht zu beachten, kann für die Religion fatale Folgen haben.

Denn Glaube, der bloß an einer Kette logischer Gedanken hängt, ist keiner. Der Glaube hat seinen Platz im Lebensalltag. Dort aber geht es nun einmal nicht unbedingt logisch zu. Manchmal ist das Leben – und wer wollte das bestreiten – eher chaotisch und verrückt, aber nicht wirklich zu „verstehen". Die bunte Lebensvielfalt ist der eigentliche Acker, den der Glaube stets neu zu pflügen hat. Da ist das logische Denken zwar ein wichtiges Werkzeug, aber kein Allheilmittel. Die Gründe des Glaubens lassen sich mit dem Scheinwerfer der Vernunft nicht bis in den letzten Winkel ausleuchten.

Mir scheint das auch gut so, denn Religion ist nicht Mathematik. Glaube, der nicht im Herzen wohnt, strahlt letztlich keine Wärme aus und überzeugt nicht.

gottes - „beweise"?

Einige ganz spezielle Blüten aus dem Gesträuch der knochenharten Logik möchte ich Dir als letzten Baustein dieses Kapitels noch vorstellen. Gemeint sind die sogenannten „Gottesbeweise". Sie standen früher einmal hoch im Kurs, wirken inzwischen auf viele jedoch mehr wie die Ruinen eines ausgebrannten Hauses. Dennoch haben sie noch heute eine gewisse Bedeutung als konsequente Denkwege in Richtung Gott.

Die Bezeichnung „Gottesbeweise" ist sicher nicht sehr glücklich gewählt, denn einen endgültigen und zwingenden Beweis (im mathematischen oder naturwissenschaftlichen Sinne) vermögen sie natürlich nicht zu erbringen. Was wäre das am Ende auch für ein Gott, den man damit bewiesen hätte? Keineswegs der, den der Glaube meint. Und was gilt wem schon als Beweis?

Übrigens versagt das Verfahren gleichermaßen bei der umgekehrten Absicht. Die Nicht-Existenz Gottes läßt sich ebensowenig allgemein überzeugend nachweisen. Das Beweisenwollen führt also logischerweise (!) nicht weiter. Als logische Denkversuche können diese „Gottesbeweise" aber durchaus in ihren Grenzen zeigen, daß der Glaube an die Existenz Gottes nicht unvernünftig ist und auch das Denken seinen Platz in der Religion hat.

Von diesen rationalen Wegen zu Gott will ich allerdings nur die wichtigsten kurz beschreiben. Sie ausführlicher darzustellen und zu diskutieren, würde hier den Rahmen sprengen.

Also schnall Dich gut an, das Logik-Karussell beginnt sich zu drehen ...

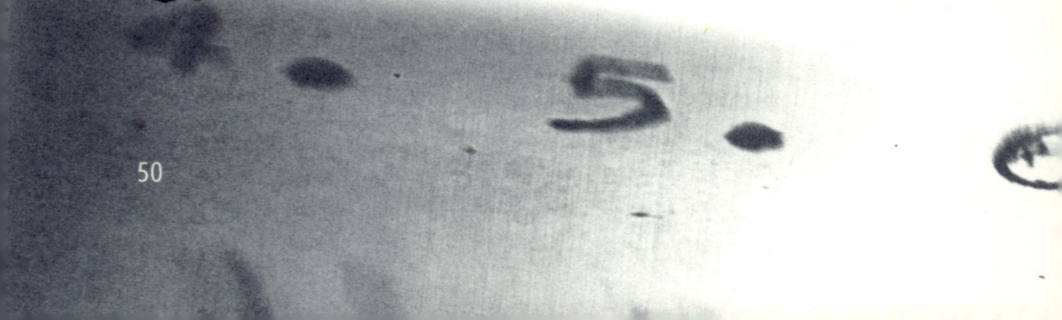

1. argument

Gott ist das Größte, was von Menschen gedacht werden kann. Dieses Größte schließt alles ein. Dazu gehört auch, daß es also real existieren muß. Denn wäre es nur als vollkommen gedacht, so wäre es nicht vollkommen, da ihm die reale Existenz fehlen würde. Ein unvollkommenes Wesen wäre aber nicht das größte, das wir uns denken können. Da wir die Idee „Gott“ besitzen und damit das höchste Wesen meinen, muß es folglich auch existieren.

2. argument

Alles, was in dieser Welt existiert, läßt sich auf eine Ursache zurückführen. Die gesamte Welt muß also auch ihrerseits eine Ursache haben, einen Urheber, der alles in Bewegung gesetzt hat. Dieser Urheber oder Schöpfer der Welt, der seinerseits keine Ursache hat, ist Gott. Wäre auch Gott verursacht, also nur ein „Produkt“ wie alles andere, so bliebe die Ursachenkette endlos, ohne Grund und Sinn.

3. argument

Was wir allgemein als gut und richtig ansehen (das Schöne, die Wahrheit usw.), ist immer nur in unvollkommener Form anzutreffen. Unsere Vorstellung davon geht jedoch vom vollkommenen Ideal aus, nicht von der verstümmelten Realität. Würden wir im Denken nicht „oben“ ansetzen, also bei der Vollkommenheit, so wüßten wir gar nicht, in welche Richtung wir die Realität vorantreiben sollten. Die Idee des Vollkommenen stammt aber nicht von uns selbst. Wir haben sie nicht entworfen, sondern in uns vorgefunden. Der Ursprung und das Ziel dieser Vollkommenheit ist Gott. Ohne ihn blieben diese Ideale grundlos.

4. argument

Vor allem in der Natur laufen viele Prozesse ganz offensichtlich zielgerichtet ab. Es gibt eine Ordnung der Dinge, die wir auch als Naturgesetz bezeichnen: von den Regeln der Zellteilung bis hin zu den berechenbaren Bahnen der Planeten. Die Kräfte, die ordnend

7. 8

und zweckmäßig auf die materiellen Dinge einwirken, kommen nicht von ungefähr. Sie können ihrerseits kein blindes Zufallsprodukt sein. Jede Ordnung verweist durch ihr Dasein und ihr Funktionieren auf eine im Hintergrund stehende Vernunft. Die Ordnung dieser Welt weist daher zweifelsfrei auf eine schöpferische Vernunft hin, die wir Gott nennen.

Das erste Argument stammt von dem englischen Erzbischof Anselm von Canterbury (1033–1109). Die übrigen Argumente gehen auf den mittelalterlichen Theologen Thomas von Aquin (1225–1274) zurück, der sich wiederum auf den griechischen Philosophen Aristoteles stützt, der von 384–322 v. Chr. lebte.

ist doch alles logo, oder?

diese kleine Auswahl mag hier genügen, um den Bogen nicht zu überspannen. Schließlich soll dies kein Lehrbuch werden. Trotzdem will ich Dich nicht so schnell aus dem Gedankenspiel entlassen. Du sollst ruhig noch ein wenig daran kauen. Diese Zumutung erlaube ich mir einfach.

Vielleicht ist Dir beim ersten Lesen der Argumente schon die eine oder andere Idee durch den Kopf geschossen: was *dagegen* vorzubringen sei, oder sogar nochmals *dafür.* Es liegt ja in der Natur der Sache, derartige Positionen nicht unwidersprochen stehen zu lassen. Denn auch in dieser Branche gilt: Konkurrenz belebt das Geschäft. Der engagierte, aber friedliche Streit mit Argumenten hält das ernstgemeinte Denkspiel allemal weiter in Gang. Er darf vielleicht sogar seinerseits als „Beweis" gesehen werden für die unstillbare Sehnsucht des Menschen nach der Erkenntnis einer letzten Wahrheit – die manche Gott nennen. Was es also *gegen* die „Gottesbeweise" von Anselm und Thomas zu sagen gibt, überlasse ich Dir herauszufinden…

so kann man es auch sagen

Der Name dieser unendlichen Tiefe und dieses unerschöpflichen Grundes allen Seins ist Gott. Jene Tiefe ist es, die mit dem Wort Gott gemeint ist. Und wenn das Wort für euch nicht viel Bedeutung besitzt, so übersetzt es und sprecht von der Tiefe in eurem Leben, vom Ursprung eures Seins, von dem, was euch unbedingt angeht, von dem, was ihr ohne irgendeinen Vorbehalt ernst nehmt. Wenn ihr das tut, werdet ihr vielleicht einiges, was ihr über Gott gelernt habt, vergessen müssen, vielleicht sogar das Wort selbst. Denn wenn ihr erkannt habt, daß Gott Tiefe bedeutet, so wißt ihr viel von ihm.

PAUL TILLICH

Gott ist nicht der steife Greis, sondern der beweglich bewegende Spieler und Grund allen Spiels.

Ebenbild Gottes: Ausbund an Lebensenergie.

Die Schöpfung: Das Spielfeld des Lebens (mit Spielgestalten, Spielregeln, Grenzen des Spiels).

Sünde: Spielvergessenheit. Das große Spielverderben.

Der Erlöser: Initiator zum Spiel der Liebe. Weg des befreienden Spiels.

Gebot: Einander nicht ausspielen. Einander ins Spiel bringen.

Die Verheißung: Das Zusammenspiel aller Menschen und Kreaturen.

Heiliger Geist: Die Kraft gemeinsamer Freude am gemeinsamen Spiel.

Der Sinn: Sich als Mitspieler wissen.

Ausblick: Das Spiel ist offen.

Die Erfüllung: Der dankbare Jubel über unser aller Spielchance. Befreiungstanz der Letzten, die zu Ersten geworden sind.

WOLFGANG DIETRICH

alles nic

wer bin ich ?

Als Du zuletzt mal eine richtige Mußestunde für Dich ganz allein hattest, was hast Du da gemacht? Ich meine, auf welche Weise beschäftigst Du Dich mit Dir selbst?

In der Auswertung einer Jugend-Befragung las ich vor kurzem, was diesbezüglich bei Deinen Altersgenossen derzeit „abgeht". Die Rangfolge der Antworten ergab etwa folgendes Ergebnis:

- sich mit einem guten Freund bzw. einer guten Freundin unterhalten
- Musik hören
- seinem Hobby nachgehen
- ein gutes Buch lesen
- Gespräch mit der Mutter
- sich mal richtig pflegen
- durch die Straßen schlendern
- einen Teil des Tages verträumen
- in der Badewanne herumdösen
- sich mit einem Tier beschäftigen
- allein in die Natur gehen

Kommt Dir das bekannt vor? Wäre *Deine* Rangfolge ähnlich, oder ist Dir anderes wichtiger? Der Zweck solcher Übungen ist wohl meist ein „Zu-sich-selber-Kommen", ein Hineinhorchen in sich selbst, um Ruhe zu finden und wieder Kraft zu schöpfen; es geht um eine Begegnung mit sich selbst, um Erfahrungen mit der eigenen Innenwelt. Grund-

hts, oder?

sätzlicher ausgedrückt, läßt sich das alles als *Suche nach dem eigenen Ich* verstehen. Wer bin ich? – Das ist eine Frage, die einen, einmal aufgetaucht, so schnell nicht mehr loslläßt. Sie ist leichter gestellt als beantwortet. Der eindringliche und wiederholte Blick in den Spiegel gibt mir zwar auch schon eine erste Auskunft, aber die ist mehr äußerlich und hebt die Frage somit noch nicht auf. Sich selber kennenzulernen, die eigene Identität zu erforschen, ist eine regelrechte Lebens-Aufgabe.

Sofern ich allerdings *meine eigenen* Erfahrungen als halbwegs typisch bezeichnen darf, scheinen mir insbesondere die ersten Schritte auf diesem Weg zu sich selbst als die schwierigsten. Wohl dem, der sie nicht alleine gehen muß. Wie wichtig bei der Auseinandersetzung mit der eigenen Person die Beziehung zu anderen ist, zeigt nicht nur die obenstehende Auflistung, das wirst Du wohl auch selbst schon so erfahren haben. Stimmt's?

In dieser Befragung von Jugendlichen gab es mehr als 30 Antwortmöglichkeiten auf die Frage nach den Beschäftigungsmöglichkeiten in Mußestunden. Zur Auswahl stand auch das „Beten".

Findest Du das passend oder verwunderlich? Warum?

Gewählt wurde diese Position verständlicherweise eher von denen, die sich selbst noch als „kirchennah" ansahen. Die übrigen Jugendlichen hielten sich deutlich zurück. Im Durchschnitt aller gegebenen Antworten lag das Beten klar unterhalb der Marke „gelegentlich", wobei die männlichen Kandidaten dem Thema ablehnender gegenüberstanden als die weiblichen.

Was mag für das gelegentliche Beten der Anlaß gewesen sein? Warum haben sie wohl *gebetet,* statt irgendetwas anderes zu tun? Welchen Grund hatten die anderen, nicht zu beten? *Was bedeutet „Beten" für Dich?*

was hat es mit dem beten auf sich?

Wie die Einstellung zum Beten auch sein mag, sie ist größtenteils durch Deine Erfahrungen geprägt. Das ist eine ganz ähnliche Problematik wie bei der Gottesfrage, zumal beide Themen innerlich eng zusammenhängen. Ohne den Glauben an Gott wäre es sinnlos zu beten.

Die meisten Kinder und Jugendlichen verbinden mit dem Gebet leider nur den Dank für das Angenehme oder das flehende Bitten, wenn alle anderen Hilfsquellen versiegt sind. Das sind natürlich wichtige Seiten des Betens, aber „Beten" ist mehr und hat noch ganz andere Elemente.

Insbesondere die weitverbreitete Gleichsetzung von beten und bitten kann sehr schnell in eine religiöse Sackgasse führen. Ein Kind zum Beispiel dahingehend anzuleiten, es müsse Gott nur inständig genug um etwas bitten, und dann werde es auch so geschehen, ist eine gefährliche Täuschung über die Tatsachen unseres Lebens. Wenn der Eindruck vermittelt wird, das Gebet als solches könnte z.B. bewirken, daß jemand wieder gesund werde, dann ist das sowohl ein grobes Mißverständnis, als auch Hinweis auf ein mehr als bedenkliches Gottesbild. Es ist zu billig, Gott zu einem Wunscherfüllungs-Automaten zu degradieren: oben wirft man ein frommes Bittgebet hinein, unten fällt einem sogleich das Gewünschte in den Schoß! Ein toller Gott und eine effektive Methode!?

Welch bittere und nachhaltig wirksame Enttäuschung muß so eine Vorstellung von Gott und Gebet auslösen, wenn etwa ein Kind seinen allergrößten Herzenswunsch in diesem

Glauben an den „lieben Gott“ richtet – und es geschieht nichts. Offenbar ergeben sich aus dieser Erfahrung zwei mögliche Reaktionen. Entweder man hält an dem erlernten Glauben fest und sucht den Fehler bei sich selbst, indem man einräumt, nicht „richtig“ oder nicht oft und intensiv genug gebetet zu haben; oder man beschließt, mit diesem Gott und diesem Glauben Schluß zu machen, da er „nichts bringt“.

So zu überlegen und bewußt Konsequenzen zu ziehen, vermögen Kinder in dieser Klarheit gewiß noch nicht, wenn man sie auch gerade in solchen Dingen nicht unterschätzen sollte. Sie haben ein untrügliches Gespür für das, was wirklich taugt. Und wenn sich die Sache mit Gott und dem Beten gleich von Anfang an als „fauler Zauber“ entpuppt, sind spätere Kurskorrekturen nur schwer möglich.

Da es sich beim Thema „Beten“ um einen sehr privaten wie auch sensiblen Bereich der Religiosität handelt, sind hier besondere Vorsicht und Redlichkeit angebracht. Die landläufige Vorstellung, beten hieße, womöglich kniend, die Hände zu falten, und gesprochene oder gedachte Worte an Gott zu richten, enthält zwar Richtiges, bleibt aber eine Verengung. Wo das Beten überdies noch erzwungen wurde, überrascht es nicht, wenn dieser Weg nach innen bestenfalls noch „gelegentlich“ betreten wird. Dabei wäre es so leicht, derart abschreckende Hindernisse gar nicht erst auf den Weg zu legen. Es kann nämlich kein Muß beim Beten geben! Wirkliches Beten lebt aus der Freiwilligkeit und aus der Vielfalt des Lebens. Jeglicher Zwang und jede Beschneidung von außen können nur eine zerstörende Wirkung haben.

Das wäre so, als würde man jemandem sagen: „Du *mußt* deine Frau täglich wenigstens dreimal küssen, sie in den Arm nehmen und zu ihr sagen, daß du sie liebst!“ Was für ein Unsinn! Wenn ein Mann seine Frau liebt, wird er ihr das auf seine Weise immer wieder zeigen – weil er es *will,* nicht weil er muß. Es wird ihn danach drängen, seine Zuneigung in Worten und Gesten zum Ausdruck zu bringen. Was das Innenleben bis zum Überlaufen ausfüllt, verlangt danach, herausgelassen zu werden und eine dazu passende äußere Form zu finden. Ehrlich ist es aber nur, wenn ich wirklich *von mir aus* sage „Ich liebe dich". Was man nicht freiwillig tut, das tut man auch nicht gern – und läßt es schließlich ganz sein, sobald der Druck verschwindet.

Das gilt vor allem für die Beziehungen, in denen sich mein Leben abspielt. Die nächstliegende ist die Beziehung zu mir selbst. Mit sich selber klar zu kommen, sich selber hinreichend zu kennen und zu akzeptieren, wäre als Daueraufgabe schon fast genug. Dennoch sind es aber vor allem die anderen Beziehungen, die mir helfen, mich kennenzulernen und zu entfalten.

Was das mit dem Beten und mit Gott zu tun hat?

Die Suche nach Gott und die nach der eigenen Identität gehen in dieselbe Richtung, sind letztlich identisch. Daß Gott nur auf dem eigenen Seelengrund gefunden werden könne, daran erinnerten stets die Weisen aller Religionen. Also hat der Weg zu mir selbst sogar eine ganz besondere *religiöse* Bedeutung.

Der häufigste Vorwurf gegen das Beten ist der der Nutzlosigkeit. Was bringt es schon, so könnte man fragen, z.B. für den Frieden zu beten, dessen Herbeiführung ja doch allein durch praktisches Handeln zu erreichen ist. Die Nöte dieser Welt mit gefalteten Händen bekämpfen zu wollen, scheint frommer Selbstbetrug zu sein.

Diese Kritik trifft allerdings nur dort, wo Beten, wie oben beschrieben, als Wunscherfüllungs-Automatismus verstanden wird.

wenn das beten sich lohnen würde!

Mit einem mir sehr sympathischen musikalischen Beispiel will ich versuchen, der tieferen Bedeutung des Betens auf die Spur zu kommen. Gerne würde ich Dir dieses Lied vorspielen. Mag auch sein, daß Du es kennst. Wer allerdings im Verstehen der Kölner Mundart nicht so geübt ist, wird mit dem BAP-Lied seine Probleme haben: „Wenn et Bedde sich lohne Däät“ (aus dem Album „vun drinne noh drusse“, 1982). Wolfgang Niedecken wird es mir deshalb sicher nicht übelnehmen, wenn ich seinen Liedtext zum besseren Verständnis zusätzlich in einer leicht verhochdeutschten Fassung wiedergebe:

Wenn et Bedde sich lohne däät,
Wat meinste wohl,
wat ich dann bedde däät, bedde däät.

Ohne Prioritäte,
einfach su wie'et köhm fing ich ahn,
nit bei Adam un nit bei Unendlich,
trotzdämm: jeder und jedes köhm draan,
für all dat, wo der Wurm drin
für all dat, wat mich immer schon quält
für all dat, wat sich wohl niemohls ändert
klar – un och für dat, wat mer jefällt.

Vum Choral für die Dom-Duuv,
die verkrüppelt vereng en der Sood
bess zo Psalme für't Wedder
un die Stunde met dir, die ze koot.
Ich däät bedde, wat et Zeugh hällt,
ich däät bedde op Deufel kumm russ,
ich däät bedde für wat ich jraad Loss hätt,
doch für nix, wo mer wer säät: Do muss,
Do muss!

Wenn et Bedde sich lohne däät ...

Wenn das Beten sich lohnen würde,
was meinst du wohl,
was ich dann beten würde, beten würde.

Ohne Prioritäten,
einfach so, wie es käme, fing ich an,
nicht bei Adam, und nicht bei Unendlich,
trotzdem: jeder und jedes käme dran:
für all das, wo der Wurm drin ist,
für all das, was mich schon immer gequält,
für all das, was sich wohl niemals ändert,
klar – und auch für das, was mir gefällt.

Vom Choral für die Dom-Taube,
die verkrüppelt verendet in der Gosse,
bis zu Psalmen für das Wetter
und die Stunden mit dir, die zu kurz sind.
Ich würde beten, was das Zeug hält,
ich würde beten auf Teufel komm raus,
ich würde beten, für was ich gerade Lust hätte,
doch für nichts, wo einer sagt: du mußt,
du mußt.

Wenn das Beten sich lohnen würde ...

Ne Ruusekranz dämm Poet,
dä als Schoof en'nem Wolfs'pelz rümmsteht,
nevve Troubadour un Prophet,
dänne't Laache tagtäglich verjeht.
Ich däät en Kääz opstelle für Elvis,
däät e Huhamp bestelle für John,
Prozessione die jinge für Janis,
all die Helde, die wööte belohnt.
Un e Vaterunser dämm Feldherr,
dä drop waat, datte endlich verliert,
dämm et huhkütt bei singe Triumpfzöch,
dä Obeliske jenooch apportiert.
Für die zwei Philosophe, die schänge,
en 'nem Elfenbeinturm en Klausur,
die sick Minschejedenke sich zänke,
uss Erbarmen e Stoßjebet nur
e Stoßjebet nur.

Wenn et Bedde sich lohne däät ...

Ich däät bedde für Sand em Jetriebe,
un jede Klofrau kräät Riesen-Applaus,
övverhaup, jeder Unmengen Liebe
un dä Sysiphus nit nur en Paus.
Däät die Rubel bremse, die rolle,
Kroonjuwele verbanne nohm Schrott,
Leet all Jrenze un Schranke verschwinde,
jede Speer, jed Jewehr, jed' Schafott.
V'leich beneid' ich och die gläuve künne

Einen Rosenkranz dem Poeten,
der als Schaf in einem Wolfspelz rumsteht,
neben Troubadour und Prophet,
denen das Lachen tagtäglich vergeht.
Ich würde eine Kerze aufstellen für Elvis (Presley)
würde ein Hochamt bestellen für John (Lennon),
Prozessionen würden gehen für Janis (Joplin),
all diese Helden, die würden belohnt!
Und ein Vaterunser dem Feldherrn,
der darauf wartet, daß er endlich verliert,
dem es hochkommt bei seinen Triumphzügen,
der Obelisken genug erbeutet hat.
Für die zwei Philosophen, die schimpfen
in einem Elfenbeinturm in Klausur,
die seit Menschengedenken sich zanken
aus Erbarmen ein Stoßgebet nur,
ein Stoßgebet nur.

Wenn das Beten sich lohnen würde ...

Ich würde beten für Sand im Getriebe,
und jede Klo-Frau bekäme Riesenapplaus,
überhaupt bekäm jeder Unmengen Liebe
und der Sisyphus nicht nur eine Pause.
Ich würde die Rubel bremsen, die da rollen,
Kronjuwelen verbannen auf den Schrott,
ließ alle Grenzen und Schranken verschwinden,
jeden Speer, jedes Gewehr, jedes Schafott.
Vielleicht beneide ich auch die, die glauben können,

doch – wat – soll't – ich jaach doch kei Phantom.
Jott, wöhr't Bedde bloß nit su sinnlos,
denn off, denk ich, mir wöhre bahl schon
ahn dämm Punkt, wo't ejal weet, wä Rääsch hatt
wo Beziehung un Kohle nit zählt.
Mir sinn all zosamme om Kreuzwääsch
etwa do, wo mer't dritte mohl fällt
et dritte mohl fällt.

Wenn et Bedde sich lohne däät …

doch, was soll's, ich jage doch kein Phantom.
Gott, wäre das Beten doch bloß nicht so sinnlos,
denn oft denke ich, wir wären bald schon
an dem Punkt, wo es egal wird, wer Recht hat,
wo Beziehung und Kohle nicht zählt.
Wir sind alle zusammen auf dem Kreuzweg
etwa dort, wo man das dritte Mal fällt,
das dritte Mal fällt.

Wenn das Beten sich lohnen würde …

Kannst Du Dich in diesem Lied wiederfinden?
Mich beeindrucken daran besonders das radikale Engagement und die malerische Kraft der Bilder, mit denen das Thema durchgespielt und treffend auf den Punkt gebracht wird.

Nun, wovon ist hier die Rede? Man kann dieses Lied als ein Klagelied hören. Es singt von all dem, was in unserer Welt schiefläuft, was nach grundsätzlicher Veränderung schreit, die aber leider nicht stattfindet. Sie scheint nur einer übermenschlich starken Hand möglich zu sein. Unsere „Kräfte" haben es lediglich geschafft, das Dilemma anzurichten.

Umgekehrt sehe ich dieses Lied auch als ein Loblied, eine Hymne. Als solches besingt es die schönen Seiten des Lebens, die guten Ansätze und herausragende Gestalten, die man schätzt, weil sie einem etwas gaben.

Mehr noch klingt es in meinen Ohren als ein Lied der Hoffnung. Es sieht zwar auf den ersten Blick gar nicht danach aus, da es doch nur das Utopische beschreibt.

Ich höre aber auch: da ist einer, der an den Zuständen dieser Welt leidet, ebenso wie an den allzu menschlichen Schwächen. Und er tut seine Klage darüber laut und deutlich kund. Beim Jammern über die allseitige Misere endet das Lied aber nicht, es formuliert mit aller Kraft ein Gegenmodell. Darin sind die Bedingungen eines „guten Lebens“ bildreich umschrieben: Frieden, Solidarität, Freiheit, Gerechtigkeit und Liebe. Wovon auch sonst sollte es sich lohnen, Utopien zu entwerfen!

Neben berechtigtem Frust stehen Mut und Veränderungswille. Eine tiefsitzende Idee, ein Traum davon, wie es gut und richtig wäre, platzt förmlich durch die vom „falschen“ Leben verschlissenen Nähte.

Der Glaube an ihre Verwirklichung ist einer, der diesen Namen verdient. Wer daran festzuhalten vermag, der hat sich und den Rest der Welt noch nicht aufgegeben, er sieht noch einen Grund zur Hoffnung, und sei er noch so klein. Auch die kleinste Flamme, wenn sie behütet wird, kann sich zu einem wärmenden Lagerfeuer auswachsen.

Woher einer allerdings den Grund zum Hoffen nimmt, das ist die entscheidende Frage. Aus sich selber heraus hat er lediglich die Sehnsucht nach einer heilen Welt – und eine gewisse Kraft, sich dorthin auf den Weg zu machen. Was ihn aber zutiefst und immer wieder neu motiviert, den Versuch nicht abzubrechen, wissen wir deswegen noch nicht.

Der Liedtext deutet in seiner letzten Strophe an, dies müsse am Ende ein religiöser Glaube sein, auch wenn Gott – welcher mag gemeint sein? – als Instanz ausfällt.

handeln – beten – glauben

Ja, wenn das Beten sich lohnen würde – weil man darauf vertrauen darf, gehört zu werden und nicht ins Leere zu hoffen und zu sprechen, dann bräuchten wir uns mit unseren Sorgen und Problemen nicht so verlassen zu fühlen, dürften uns (wenn auch nicht dauernd spürbar) aufgehoben wissen in einer größeren „Dimension“.

Der Gottesglaube, der im Gebet keinen Bogen um die Nöte des Alltags macht, indem er sie nicht nur vor Gott benennt, sondern sie auch mutig und zielgerichtet anpackt, zeigt darin seine Glaubwürdigkeit. Er jagt dann keinem „Phantom“ nach. Vielmehr beweist er seinen Realitätssinn, weil er im Spiel des Lebens auf die Karte „Hoffnung“ setzt, die letztlich immer den Stempel „Gott & Co“ trägt.

Zugespitzt: Wer durch seinen engagierten Einsatz für andere Menschen und für eine bessere Welt seinen ungebrochenen Glauben an das Leben und daran, daß „am Ende alles gut“ werden kann, umsetzt, der betet, auch wenn er nicht „betet“. Das meint sowohl den Arzt, der in einem afrikanischen Flüchtlingslager täglich Knochenarbeit leistet, ebenso wie die ungezählten Mütter, die ihre beruflichen Interessen zurückstellen, um für die Kinder da zu sein, und viele andere mehr.

Der Glaube, daß es sich lohnt, den nächsten Tag zu erleben, ist der nicht in uns allen wirksam wie die Feder einer Uhr? Darf unser Liedtext nicht eventuell selber wie ein Gebet verstanden werden, da er sich lesen läßt, als sei er zu Gott (dem „Phantom“) gesprochen?

Sensibles Wahrnehmen und eine praktische Humanität entsprechen dem wirklichen Beten oft mehr als zahllos gemurmelte Gebetsformeln. Nichts gegen das stille Gebet oder den Gebrauch altehrwürdiger Texte. Sie haben ihren eigenen Platz und ihr Recht, solange sie nicht zum Feigenblatt werden, zum Ersatz für konkretes Handeln. Das Leben hält ständig genügend Situationen bereit, in denen menschliches Tun seine Grenzen erreicht und ein gutes Ende nur noch erhofft und erbeten werden kann. Und auch dann kommt es nicht unbedingt so, wie wir es gerne hätten, weil ein Gebet nun mal keine magische Zauberformel ist. Es gibt keine Garantien im Leben. Für niemand. Das weiß auch der Glaube – und vertraut dennoch. Exakt das ist der Moment seiner Bewährung: daß er leben hilft.

sich annehmen – lieben – geliebt werden

Als Antwort auf die mögliche Rückfrage „Was tut man denn eigentlich, wenn man betet?", dürfte inzwischen klar geworden sein, daß Beten nicht außerhalb des alltäglichen Lebens seinen Ort hat, eher genau mittendrin. Im Gebet, sofern es mit Sprache verbunden ist, wird zum Ausdruck gebracht, was Sache ist. Das bezieht sich, wie in dem Lied, wesentlich auf die Verhältnisse um mich herum.

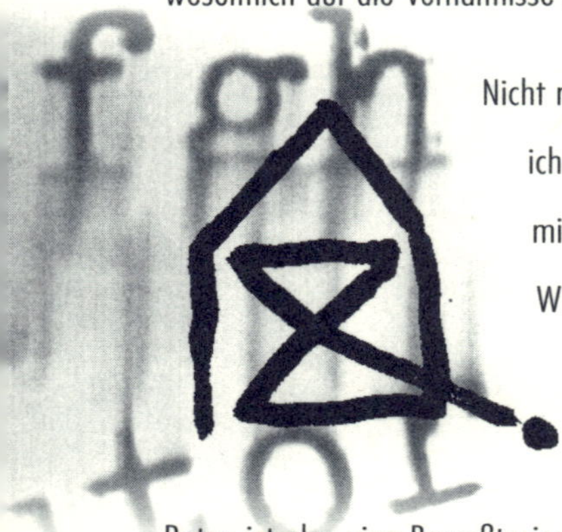

Nicht minder wichtig aber bin *ich* als der Betende selbst. Da ja ich es bin, der betet, komme ich auch darin vor, egal, ob ich mich selber eigens zum Thema gemacht habe oder nicht. Wie ich bete, ist davon bestimmt, wie ich bin. Womit wir wieder am Anfang wären bei der Auseinandersetzung mit sich selbst, der Erkundung der eigenen Innenwelt.

Beten ist also eine Bewußtseinshaltung, die vom Glauben durchtränkt wird.
Das „glaubende Wissen" darum, mein konkretes Leben im Angesicht Gottes zu führen, unter dem Anspruch *Mensch zu werden,* darum geht es.

Wahrhaft menschlich zu sein, ist uns nur als Möglichkeit, als Anlage in die Wiege gelegt worden. Der Rest ist jedem als Auftrag überlassen, wird nicht erzwungen, sondern bleibt meine freie Entscheidung. Ein anderer Name dieser angezielten Menschlichkeit ist Liebe.

Man darf dieses Wort für ziemlich abgegriffen halten, weil es zu oft als Name für anderes benutzt wurde. Richtig verstanden, trifft jedoch kein anderes Wort den gemeinten Sachverhalt derart stimmig, weshalb es sicher auch im Neuen Testament so häufig verwendet wurde.

Lieben bedeutet unbedingte Annahme des anderen, zu ihm stehen ohne jede Bedingung, fernab jeder Einschränkung *sein* Glück zu suchen.

Wem das übertrieben idealistisch klingt, der möge das Wort anders definieren – oder anderes Liebe nennen. Aber er steht dann im Widerspruch zu allem, was Menschen bislang unter diesem Wort verstanden, erfahren und auch erlitten haben. Liebe verkörpert einen Anspruch und eine Zusage. Die Unbedingtheit ist der einzige Preis, zu dem sie zu „haben" ist.

Das An-nehmen fängt ja bei mir selber an. Zu sich selber Ja sagen zu können, ist eines der ersten (und zuweilen auch der schwersten) Kunststücke, die im Leben zu bewerkstelligen sind. Darin hat jeder sein eigenes Maß. Vor allem meine miesen Seiten, meine seelischen Abgründe, und meine „verdorbene" Phantasie machen es nicht eben leicht zu sagen: Das bin ich, das alles gehört zu mir!

Bei recht vielen Menschen spürt man direkt, wie angestrengt sie einen großen Bogen um ihre Schattenseiten machen, sie erfolgreich verdrängen. Es ist bekanntlich aber weder sinnvoll noch förderlich, einen Teil der eigenen Persönlichkeit nicht wahrhaben zu wollen und ihn geflissentlich zu übersehen. Auf diese Weise wird man weder richtig „erwachsen", noch ein *ganzer* Mensch im angedeuteten Sinne. Auch das an mir, was mir nicht gefällt, gelten zu lassen und zu akzeptieren, ist ein entscheidender Schritt seelischen Reifens, ein tragender Baustein echter Menschlichkeit.

Was kann bei der ungeschminkten Begegnung mit dem eigenen Ich hilfreicher sein als die Überzeugung und die Erfahrung, *auf jeden Fall* angenommen, gemocht oder sogar geliebt zu werden, egal was für einer ich bin?

Du wirst mir vermutlich zustimmen, daß uns diese Annahme eines anderen ohne jede Einschränkung – sogar bei denen, die uns nahestehen – manchmal verdammt schwerfällt. Bisweilen wird sie sogar die Fähigkeit des Einzelnen schmerzlich überfordern. Aber: gibt es eine wirkliche Alternative zu diesem Weg?

Gerade wenn wir selbst wiederholt die Erfahrung machen, eben nicht hundertprozentig angenommen, respektiert und geachtet zu werden, ist auf diesem Hintergrund der Wunsch und die Sehnsucht um so verständlicher, es möge jemanden geben, der mich genau so sein läßt und mich mag, wie ich bin!

Der Glaube sieht in Gott dieses erlösende Du, das mich bis in die tiefsten Winkel meiner Seele kennt – und mich sein läßt wie ich bin. Wer in diesem Glauben lebt, wird sich das zur eigenen Ermutigung stets erneut vor Augen halten und zum Ausdruck bringen. Auch das ist Beten.

Wenigstens im Ansatz gelernt zu haben, mit den eigenen Fehlern und Schwächen zurechtzukommen, macht auch gelassener und nachsichtiger gegenüber den Unvollkommenheiten der Artgenossen. Es mag wieder zu idealistisch oder zu simpel klingen, doch es ist wahr: wer es schafft, sich selbst zu mögen, der ist auch in der Lage, einem anderen glaubwürdige Zuneigung entgegenzubringen. Das Annehmenkönnen der eigenen Person ist die notwendige Voraussetzung für das Gelingen von Beziehungen überhaupt. Wer nur unzureichend weiß, wer er selber ist, bei dem bleibt eine Freundschaft oder Partnerschaft eine gefährlich wackelige Angelegenheit.

Glauben heißt also, das Leben in Beziehung zu Gott sehen.

Wege zur eigenen Mitte gibt es viele. Sie sind sich jedoch alle darin gleich, daß ich sie *gehen* muß und daß *ich* sie gehen muß, wenn sie zu diesem Ziel führen sollen. Weil eben jeder von uns einzigartig und unverwechselbar ist, kann auch niemand für uns diesen Weg gehen.

Die Schritte auf diesem Weg zur Mitte sind meditativ. Meditation vollzieht sich ebenfalls in der Praxis unseres Alltags, nicht nur (oder erst) im langen Stillsitzen mit verschränkten Beinen. Alle kleinen Momente der Entspannung und des Durchatmens können das sein, oder auch die völlige Konzentration auf eine Sache. Es sind die Momente, in denen ich zu mir selber komme – welch ein Ausdruck! – und ganz bei einer Sache bin. Genau *darin* bin ich dann bei mir!

Beobachte Dich mal in dieser Hinsicht!

Was sich meistens spontan und vielfach unbewußt abspielt, läßt sich natürlich ebenso absichtlich und darum mit größerer Wirkung praktizieren. Nenne man es nun Meditation, Besinnung, autogenes Training oder sonstwie. Es dient allein dazu, sich (und folglich auch die gesamte Umwelt) bewußter wahrzunehmen, das Wahrgenommene besser einordnen und verarbeiten zu können und seine Beziehungen harmonischer zu gestalten. Kurz, es verhilft zu mehr Lebensfreude.

Wenn Du also ernsthaft Deine Mitte suchst – auch das ist Beten.

so kann man es auch sagen

Beten heißt, große Wünsche zu haben.
Die großen Wünsche nach Gerechtigkeit, nach dem Sieg über das Unrecht, nach Glück und Heil, nach einem menschenwürdigen Leben, die hat man nicht einfach so, man muß sie lernen. Beten ist Revolte. Wer betet, sagt nicht: „So ist es und Amen!“ Er sagt: „So ist es! Und so soll es nicht sein! Und das und das soll geändert werden!“ Beten ist eine intensive Vorbereitung auf das Leben.

DOROTHEE SÖLLE

Und wenn Sie mich nun fragen sollten, bevor ich jetzt gehe und endgültig gehe, ob ich nicht einen Zauberschlüssel kenne, der einem das letzte Tor zur Weisheit des Lebens erschließen könne, dann würde ich antworten: „Jawohl!" Und zwar ist dieser Zauberschlüssel nicht das Philosophische Denken, wie Sie es vielleicht von mir erwarten möchten, sondern das Gebet. Das Gebet als letzte Hingabe gefaßt, macht still, macht kindlich, macht objektiv. Ein Mensch wächst für mich in dem Maße immer tiefer hinein in den Raum der Humanität, wie er zu beten imstande ist, wofern nur das rechte Beten gemeint ist. Die großen Dinge des Daseins werden nur betenden Geistern geschenkt. Beten lernen aber kann man am besten im Leiden.

PETER WUST

das Ende ist sicher – offen!

erinnerst Du Dich noch, was Du bei dem Fragebogen im ersten Kapitel zum Stichwort „Jenseits" geantwortet hast? Blättere ruhig mal eben zurück ...

Weißt Du noch, warum Du so geantwortet hast? Welche Begründungen lassen sich generell für die eine oder andere Seite in die Waagschale werfen?

„Über den Tod zu reden, ist eine der vernünftigsten Arten, um über das Leben zu sprechen." – Dieser Satz des französischen Schriftstellers André Malraux begleitet mich schon viele Jahre, und ich sehe ihn dauernd wieder bestätigt. Vielleicht wird er Dir am Ende des Kapitels auch etwas mehr sagen. Wir werden sehen.

wie „normal" ist der tod?

Ein verbreitetes Vorurteil besagt, junge Leute Deines Alters hätten kein Ohr für dieses Thema. Über den Tod und das Sterben sich Gedanken zu machen, sei erst angesagt, wenn man mal ins Rentenalter kommt. Dann ja, aber nicht jetzt, da man doch das ganze Leben noch vor sich habe.

Meine Erfahrungen in dieser Sache sind andere. Natürlich gibt es immer junge Menschen, die das Thema wie eine heiße Kartoffel direkt wieder fallen lassen, sobald die Rede darauf kommt. Der weitaus größte Teil aber scheint mir sogar recht aufgeschlossen und diskussionsfreudig dem Tod ein paar Überlegungen zu widmen. Für viele ist die Auseinandersetzung mit dem Tod mehr eine theoretische Angelegenheit, eine Art Planspiel, da sie noch wenig oder gar keine unmittelbare Berührung damit hatten.

Selbst wenn jemand schon Todesfälle in seinem engeren Lebensumfeld erlebt hat, bedeutet das nicht zugleich, er oder sie habe sich durch dieses Erlebnis nun eingehend mit dem Tod beschäftigt und verfüge über Einsichten und Erkenntnisse, die ihr oder ihm einen Vorsprung an Lebenswissen sichern. Ob der Tod eines anderen Menschen wirklich zu einer tiefgreifenden Erfahrung wird, ist von vielerlei Faktoren abhängig; zum Beispiel von der Erziehung, die einem hoffentlich auch etwas über die Begrenztheit des Lebens mit auf den Weg gegeben hat, von der jeweiligen Lebensphase, die Einstellungen und Denkweisen prägt, oder von der persönlichen Beziehung zu dem Verstorbenen. Der Tod eines selten gesehenen Onkels löst sicher ein anderes Maß an Betroffenheit aus als der tödliche Unfall eines guten Freundes.

Wir können also dem Tod sehr unterschiedlich begegnen, da er viele Gesichter hat. Unsere übliche Vorstellung vom Tod im Alter beschreibt nur eines dieser Gesichter.

Mach doch mal gerade eine Bestandsaufnahme *Deiner* Erfahrungen: Wie oft warst Du schon bei einer Beerdigung? Wie erging es Dir da? Hast Du je einen Toten aus der Nähe gesehen? Wie war das? Haben bestimmte Erlebnisse in dieser Richtung Deine heutige Einstellung maßgeblich beeinflußt?

Es gibt nicht viele andere Themen, die uns so naheliegend sein müßten, wie unsere Sterblichkeit. Ich sage *„müßten"*, denn bekanntermaßen genießt Gevatter Tod bei uns Lebenden gerade nicht die Aufmerksamkeit, die ihm gebührt. Und das, obwohl er die einzig gesicherte Tatsache unseres Daseins ist. Jeder von uns weiß, daß er nicht ewig hier herumläuft. Aber leben wir auch alle danach?

Genau besehen, werden wir ständig mit dem Thema Sterben und Tod konfrontiert: Wieviele Tote und Sterbende wirft uns nicht jeden Tag das TV-Programm ins Wohnzimmer! Wieviele Tode wurden nicht allein schon per Video oder Kinoleinwand vor unseren Augen gestorben! Nicht zuletzt die Filmbranche widmet sich verdächtig oft dem Thema Tod und Jenseits. Ich erinnere nur an neuere Titel wie „Ghost", „Flatliners" oder „Die Krähe". Auch die noch anhaltende Okkultwelle und der sich ausbreitende Esoterikmarkt kreisen im wesentlichen um das Leben nach dem Tod und alles, was damit zu tun hat. Ebenfalls wird in der Rock- und Popmusik öfter als vermutet über den Tod gesungen.

Das Thema Tod *scheint* aber nur so normal und alltäglich zu sein. Wir leben nämlich in einer Gesellschaft, die krampfhaft genau in die entgegengesetzte Richtung starrt. Was zählt, sind Jugendlichkeit, Schönheit, Fitneß und Leistungsfähigkeit. Gegen Alter, Krankheit, Behinderung, Schwäche und Tod werden alle Kräfte mobilisiert: von der Anti-Falten-Creme, die „jünger" aussehen läßt, bis hin zur Lebens-Versicherung (was für ein Wort!). Alles, was an die weniger schönen Seiten des Lebens erinnert, wird nicht so gern gesehen. Es wird übergangen, ausgeklammert und verdrängt. Trotz ständiger Anwesenheit in vielerlei Gestalt ist der Tod im gesellschaftlichen Bewußtsein weiterhin ein Tabu.

Die meisten Menschen haben nicht gelernt, mit dieser „Lebens-Bedingung" selbstverständlich und ungezwungen umzugehen. Weil der Tod dauernd verdrängt wird aus dem Alltag, ist er für uns ein völlig Fremder, wenn er auf einmal unseren Lebensweg kreuzt und wir nicht mehr an ihm vorbeischauen können.

Das habe ich in den letzten Jahren wiederholt erlebt. Ich erinnere mich dabei vor allem an eine Berufsschulklasse, in der einer der Schüler mit seinem Wagen tödlich verunglückt war. Die Klassenkameraden waren durch dieses Ereignis dermaßen geschockt und sprachlos, daß es mehrere Wochen dauerte, bis wir zusammen darüber reden konnten. Sie mußten sich erst langsam an den Gedanken gewöhnen, daß der leere Stuhl auf immer leer bleiben würde, daß sie ihren vertrauten Kollegen niemals wiedersehen würden. Kein Wort mehr mit ihm reden können, kein Bier mehr mit ihm trinken, ihm nicht mehr auf die Schulter klopfen. Alles zu Ende. Er ist weg. Endgültig.

So ähnlich geht es wohl vielen von uns. Die Tatsache, daß jemand, der mir sehr nahestand, gestorben ist, wirkt im ersten Augenblick so unglaublich, daß man sie erst allmählich für sich „realisieren" muß. Eine Todesnachricht kann ja unter Umständen das gesamte Leben von einer Minute zur anderen total umkrempeln. Um so größer ist der Einbruch auf der dünnen Eisdecke des Lebens, je massiver und erfolgreicher bis dahin am Tod vorbeigelebt wurde.

Ob einer in dieser Situation aber von Trauer und Schmerz seelisch aufgefressen wird, oder ob er der völligen Machtlosigkeit angesichts des Todes noch irgendeine Hoffnung entgegenzustellen weiß, das ist schließlich eine Frage des Glaubens, der religiösen Überzeugung.

An diesem Punkt kann nur noch geglaubt werden, denn ein Fakten-Wissen darüber, was im Tod oder danach mit uns geschieht, besitzt keiner. Wer lebt, hat es noch nicht erfahren, und wer es erfahren hat, kann es uns nicht mehr erzählen. So sitzen alle Lebenden im gleichen Boot. Ohne je definitives Wissen erlangen zu können, müssen wir uns dennoch damit auseinandersetzen und irgendwie Position beziehen. Welche Einstellung zur Sache nun einer vertritt, bleibt seiner freien „Wahl" überlassen. Allerdings sollte ein Kriterium dabei keine Nebenrolle spielen: die Vernunft. Soll nämlich noch ein sinnvolles Gespräch über die verschiedenen Ansichten möglich sein, sind dazu vernünftige, nachvollziehbare Argumente und Überlegungen nötig. Ansonsten bleibt jeder mit seinen „phantastischen" Ideen allein und ein gemeinsames Weiterkommen bleibt aus.

der markt der möglichkeiten

Gerade weil es hier um einen letzten Ernst im Leben geht, dem schließlich niemand ausweichen kann, haben sich unsere Vorfahren schon vor Jahrtausenden den Kopf darüber zerbrochen, was der Tod eigentlich ist und ob er wirklich das endgültige Aus bedeutet. Dieses Nachdenken und Spekulieren war auch nicht ergebnislos. Es waren sogar höchst interessante Ideen und Schlußfolgerungen, die dabei herauskamen. Einige dieser Antworten auf die Frage nach dem Tod haben mit der Zeit große Verbreitung gefunden, das gesellschaftliche Leben ganzer Völker bestimmt und manche wirken bis heute nach. Man muß nur genau genug hinsehen.

Sich am Ende des 20. Jahrhunderts ein paar Gedanken zu machen über unsere Vergänglichkeit, sollte also auch den Rückblick einschließen auf die Einsichten, die andere vor uns hatten. Da gibt es wahrscheinlich so manche Berührungspunkte zu dem, was auch Dir schon einmal durch den Kopf gegangen sein mag.

Ich will nur einige der berühmtesten Denkmodelle hier anführen und sie kurz zur Diskussion stellen. Sie sollen Dir die Breite des möglichen Spektrums vor Augen führen und Deiner Phantasie ein wenig Futter geben.

Das **erste Modell** hat uns ein alter Grieche hinterlassen. Für den Athener Philosophen PLATON (427–347 v. Chr.), besteht der Mensch aus mehr als nur dem materiellen Körper. Der eigentliche Kern des menschlichen Wesens ist seine Seele, die als solche unsterblich ist und sich nur vorübergehend mit der Materie verbindet. Nach dem Tod kehrt sie zu ihrem Ursprung, ins „Reich der Ideen" zurück. Der Tod ist also der Moment, in dem sich Körper und Seele trennen.

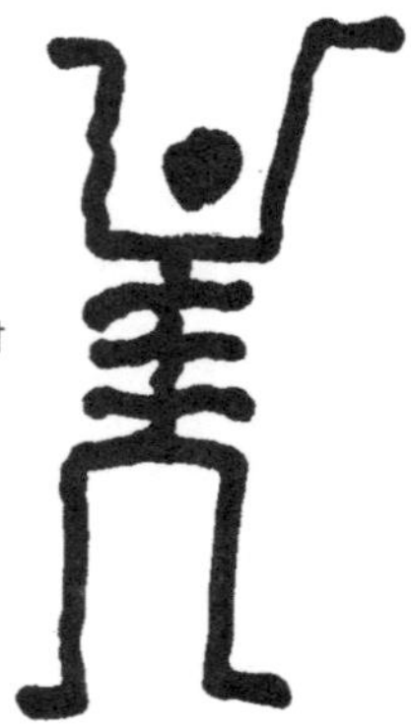

Dieser Gedanke mit der unsterblichen Seele ist Dir vermutlich bekannt. Viele halten diese Deutung des Todes für die christliche Antwort auf das Problem. Das ist jedoch falsch. Als das Christentum sich in den von der griechischen Philosophie beherrschten Kulturraum hinein ausbreitete, hat sich dieser Gedanke in die Theologie eingeschlichen und ist dort noch gelegentlich anzutreffen. Die christliche Religion bezieht sich aber nicht auf die griechischen Denker des Altertums, sondern auf die biblische Tradition, die im vorderen Orient beheimatet ist. Die Bibel kennt keine unsterbliche Seele. Für sie ist der Mensch eine Ganzheit, die folglich auch vom Tod radikal betroffen ist. Sterblich ist der ganze Mensch, und nicht nur ein Teil von ihm.

Das **zweite Modell** ist ebenfalls sehr alt und in Asien bis heute allgemein verbreitet. Es ist die Lehre von der Wiedergeburt, manchmal auch als Seelenwanderung oder Reinkarnation bezeichnet. In Hinduismus und Buddhismus ist sie von zentraler Bedeutung.

Auch diese Vorstellung geht davon aus, es gebe etwas in uns, das vom Tod nicht vernichtet werden kann, da es von geistiger Natur ist. Es wird Seele oder Atman genannt. Dieser Teil des Menschen überdauert das körperliche Ende und wird zu einem späteren

Zeitpunkt wiedergeboren, lebt ein weiteres Mal in dieser Welt, wird wieder „sterben“, sich nochmals verkörpern usw.

Dieser Kreislauf der Wiedergeburten findet erst dann seinen Abschluß, wenn der Mensch in seinem Bewußtsein so weit entwickelt und geläutert ist, daß er eingehen kann in Brahman, den großen Geist des Alls. Solange diese geistige Stufe nicht erreicht ist, nötigt einen das universell wirkende Gesetz des Karma zu einer erneuten Wiedergeburt.

Karma meint, daß jeder für sein eigenes Schicksal verantwortlich ist. Was man in diesem Leben tut oder läßt, hat Auswirkungen darauf, unter welchen Umständen man im nächsten Leben wiedergeboren wird. Für eine möglichst baldige Erlösung aus dem als Zwang empfundenen Kreislauf der Wiedergeburten ist man also selber zuständig. Daher benötigt jeder ein anderes Maß an Zeit auf dem Weg zur Vollkommenheit.

Das **dritte Modell** stammt aus dem vergangenen Jahrhundert und wurde von KARL MARX (1818–1883) entworfen. Bei Marx steht nicht der einzelne Mensch (das Individuum) im Mittelpunkt, sondern die Gesellschaft (das Kollektiv). Darum ist auch die Bedeutung des Einzelnen davon abhängig, wie er zur Gemeinschaft steht, wieweit er deren nützliches Glied ist und zum Fortschritt der Allgemeinheit beiträgt. Für Marx gibt es keine unsterbliche Seele, kein Jenseits oder ähnliche idealistische Wunschprodukte. Der Mensch stirbt eben und verschwindet. Was von ihm bleibt, ist seine Leistung für die Gesellschaft und eine bessere Zukunft. Sein Einzelschicksal geht auf in der erstrebten Höherentwicklung der Gesellschaft. Nur sie ist quasi unsterblich.

Als **viertes Modell** wäre zu nennen, was den Grundbestand aller Religionen in allen Kulturen und zu allen Zeiten ausmacht: der Glaube an ein Jenseits, in das man nach dem Erdenleben eintritt.

Dieser Glaube kennzeichnet auch das Christentum, den Islam und das Judentum. Bei allen dreien ist die Vorstellung vom Jenseits eng mit dem Gottesbild verknüpft. Vor allem in der christlichen Tradition wurde das Jenseits immer wieder von der menschlichen Phantasie sehr genau „beschrieben“ und darin Gott (bzw. Christus) die Rolle des Weltenrichters zugesprochen. Man „wußte“ ziemlich exakt Bescheid über Himmel, Hölle, Fegefeuer und Gericht.

Nun, diese symbolischen Begriffe sind erstmal mit Vorsicht zu genießen. Zu oft schon wurden sie zu wörtlich genommen und als tatsächliche Stationen des Lebens nach dem Tod warnend den Menschen vor Augen gehalten. Das schürt Angst. Darum sind die Theologen inzwischen auch behutsamer geworden im Weiterreichen dieser Vorstellungen. Alle Aussagen über das Jenseits können ihren spekulativen Charakter nicht verbergen. Sie erhalten ihre Plausibilität und ihre Glaubwürdigkeit allein aus dem Glauben an Gott.

Der in diesem Modell eingeschlossene Glaube an ein jenseitiges „Gericht“, bei dem jeder Mensch einst über sein vergangenes Leben Rechenschaft ablegen müsse, entspricht zutiefst dem sehnsüchtigen Wunsch nach einem letztlichen Sieg der Gerechtigkeit. Immer wieder müssen wir erleben, daß es in dieser Welt höchst ungerecht zugeht. Mörder werden nicht gefaßt, Kriegsverbrecher bleiben unbestraft wegen Mangel an Beweisen, Umweltzerstörungen geschehen, ohne daß die Täter je zur Rechenschaft gezogen werden, ein Flugzeugabsturz löscht ganze Familien aus usw.

So bitter wie diese Erfahrungen, so ungebrochen war auch schon immer der Glaube, am Ende werde es bei Gott eine „ausgleichende Gerechtigkeit“ geben, da sonst jeder Lebenssinn und jedes Bemühen um einen moralischen Lebenswandel ihren Boden verlieren.

Der Jenseitsglaube setzt also darauf, daß das Leben mit dem Tod nicht endet, sondern in einer veränderten Weise weitergeht. Dieses Weiterleben beläßt dem Einzelnen seine Individualität, seine je einzigartige Lebensgeschichte und vertraut auf ein gutes Ende für die gesamte Schöpfung. Sicher ein großer Gedanke.

Das **fünfte Modell** den Tod zu deuten, hat erst in den letzten zweihundert Jahren eine größere Gefolgschaft erlangt. Es beschränkt sich vollends auf das Diesseits und sieht mit dem Tod das absolute Ende gekommen. Ein Jenseits gibt es nicht, ebensowenig eine Wiederkehr. Die Endstation heißt Friedhof. Dies sei das einzige, das man verläßlich sagen könne bei nüchterner Betrachtung. Was uns Wahrnehmung und Verstand (ratio) erkennen lassen, sei eben die schlichte Tatsache der Endlichkeit des Lebens.
Alles andere sei Wunsch und Einbildung. So meint der Rationalismus.

Das **sechste Modell** läßt sich in dem Satz zusammenfassen: „Ich lebe in meinen Kindern weiter!". Diese Aussage ist am ehesten von älteren Menschen zu hören, die stolz und glücklich auf ihre Kinder und Enkel blicken. Eine Variante dieser Idee schließt auch ein, was einer an Dauerhaftem hinterläßt, was ihn also „überlebt". Das kann die eigene Firma sein, eine Erfindung, ein Bauwerk, eine Formel, ein Buch oder ähnliches. Jedenfalls etwas, das man selber geschaffen hat, in dem „etwas" von einem selbst enthalten ist.

Soweit die gängigsten Interpretationen über das Ende des Lebens.
Entspricht eines dieser Modelle Deiner eigenen Ansicht? Aus welchem Grund stimmst Du gerade diesem Modell mehr zu? Was kannst Du gegen die anderen Ideen vorbringen? Und: welche Bedeutung hat für Dich das, was Du in dieser Sache glaubst?

nicht nur ein sandkastenspiel

Wenn wir die genannten Auffassungen nochmals auf je einen Satz zusammenschrumpfen lassen, ergeben sich *vier Grundüberzeugungen* in Sachen Tod und Leben nach dem Tod. Sämtliche weiteren Vorstellungen lassen sich diesen als Varianten zuordnen:

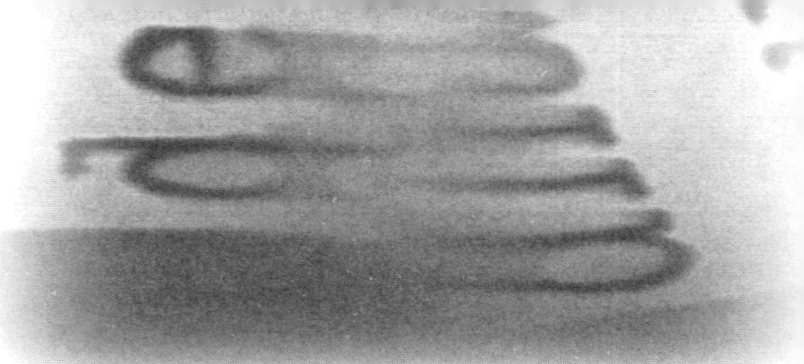

Mit dem Tod ist alles aus.

Ich werde anders weiterleben.

Ich werde wiedergeboren.

Ich lebe in meinen Nachkommen bzw. in dem von mir Geschaffenen weiter.

Man kann jetzt natürlich sagen: „Nun gut, ich glaube dieses oder jenes, andere glauben halt anderes. Soll doch jeder glauben, was ihm gefällt!" Klar, diese Freiheit soll auch keinem genommen werden.

Das kann oder sollte dennoch nicht der Schlußpunkt einer Debatte sein, die noch gar nicht richtig begonnen hat. Es muß ja noch erlaubt sein, zu argumentieren und kritische Nachfragen zu stellen, ohne gleich den Gesprächspartner mit aller Gewalt von der „Unsinnigkeit" seiner, und der „klar ersichtlichen Wahrheit" der eigenen Position überzeugen zu wollen. Jeglicher Missionseifer ist möglichst zu vermeiden. Dem Partner soll wenigstens ein Schlupfloch erhalten bleiben, sich dem besseren Argument bereitwillig öffnen zu können, statt sich mit voller Kraft nur verteidigen zu müssen.

deshalb will ich die nachfolgenden Anmerkungen und Argumente zu den vier Positionen auch vornehmlich in Frageform kleiden. Ich überlasse es Dir, diesen Fragezeichen schrittweise nachzugehen, dabei Deine eigene Meinung vielleicht zu festigen, um für die nächstbeste Diskussion besser gerüstet zu sein.

mit dem tod ist alles aus

So zu denken scheint auf den ersten Blick der einzig realistische Weg zu sein, aber ...

Wieweit kann diese Auffassung wirklich zufriedenstellen? Muß dann nicht der Tod als ein sinnloser Abbruch des Lebens erscheinen und die gesamte Lebensspanne mit allem Erreichten und Erlittenen als ebenso sinnlos erscheinen lassen? Setzt mich diese Auffassung nicht unter den Druck, mein Leben ständig und bis zuletzt auszunutzen, es auszukosten um jeden Preis, da ich nur eine begrenzte Zahl von Möglichkeiten besitze? Wieviel Ruhe und Gelassenheit erlaubt mir dieses Bewußtsein der unaufhaltsam verrinnenden Zeit, die meine Chancen zunehmend beschneidet? Wenn ich konsequenterweise zuerst für den eigenen Lebensgenuß zu sorgen habe, kann ich dann überhaupt noch Platz lassen für andere, eine Familie, soziales Engagement? Welchen Grund sollte es zudem noch geben, sein Leben „anständig" zu verbringen, sich um irgendeine Moral zu scheren, die mir doch nur vieles verbietet, was mir Spaß machen könnte? Wie hilfreich und tröstend ist diese Perspektive, wenn man erfährt, daß man nur noch kurze Zeit zu leben hat? Wird die Angst vor dem Tod nicht zu einer beklemmenden Übermacht, da ihr nichts entgegengesetzt werden kann?

ich werde anders weiterleben

Kann dieser Glaube nicht Trost und Hoffnung sein angesichts unseres doch immer unvollendeten Lebens? Hilft er nicht im Ernstfall, die Angst vor dem Ende in Grenzen zu halten, da man in der Überzeugung lebt, Leben sei mehr als wir davon erfassen können und werde deshalb auch am Tod nicht halt machen? Mag er nicht auch ein Gefühl der Sinnhaftigkeit geben im Blick auf alle angestrebten und verwirklichten Werte des Lebens, da sie dann über den Tod hinaus eine Bedeutung haben, statt einfach ausgelöscht zu werden? Motiviert der Gedanke, daß nichts endgültig verloren geht, nicht auch eher zum Einsatz für das Gute, für Menschenrechte, Frieden und Gerechtigkeit?

Aber: Verlockt nicht diese Vorstellung auch dazu, das Interesse zu schnell aufs Jenseits zu richten, weg von der weltlichen Realität? Mag nicht einer etwas Gutes möglicherweise mit dem Hintergedanken tun, er werde dafür nach dem Tod einmal belohnt?

ich werde wiedergeboren

Ist nicht auch das ein tröstlicher Glaube, es sei mit diesem einen Leben noch nicht getan, man erhalte so viele weitere Chancen wie nötig sind, um das Ziel des Lebens zu erreichen? Wird er nicht ebenfalls die Angst vor Sterben und Tod verringern und dem abgeschlossenen Leben einen Sinn in einem größeren Ganzen geben?

Aber: Nötigt er nicht auch zu einem extrem positiven Lebenswandel, damit man es im nächsten Leben besser hat und möglichst bald aus diesem Kreislauf erlöst wird? Verführt er nicht eventuell auch dazu, manches auf das nächste Erdenleben zu verschieben, also dieses jetzige Leben nicht richtig ernst zu nehmen? Ist das Gesetz des Karma nicht ein gnadenloses Buchhalterprinzip? Haben Erbarmen und Vergebung hier keine Bedeutung? Wie kann ich aus den Fehlern in früheren Leben heute lernen, wenn ich mich nicht daran erinnere?

ich lebe in ... weiter

Ist diese Sichtweise nicht sehr naheliegend? Schließlich „vererben" wir unseren Kindern bekanntlich einiges von unseren Wesensmerkmalen.

Aber: Bedeutet das nicht auch Leistungsdruck, denn es bedingt ja, daß man Kinder zeugt bzw. etwas besonders Dauerhaftes schaffen muß? Was wird mit denen, die keine Kinder haben? Was ist, wenn die Kinder vor den Eltern sterben? In welchem Sinne „leben" denn meine Eltern, Großeltern etc. in mir weiter? Wer bin ich dabei?

Wie Du schon an diesen ersten bescheidenen Anfragen ablesen kannst, haben alle Varianten unmittelbare Auswirkungen auf die Lebenspraxis.

Es ist also nicht egal, wie einer über den Tod denkt und was er glaubt. Sein allgemeines Lebensgefühl wird davon beeinflußt, in der Folge auch seine Werteinstellungen, seine Moral. Spätestens in Lebenskrisen und Grenzsituationen wird sich die Tragfähigkeit des jeweiligen Glaubens dann erweisen müssen. Als Glaube, um das nochmals zu betonen, gilt selbstverständlich auch die erste Position. Denn daß mit dem Tod alles aus ist, läßt sich genauso wenig beweisen wie die Weiterexistenz im Jenseits oder die Wiedergeburt. Es kann daher immer nur um eine konkrete Bewährung irgendeiner Glaubensauffassung gehen. Allein darin kann sich etwas von der Wahrheit zeigen.

Nur ein Beispiel für eine solche Grenzsituation: Stell Dir vor, Dein Arzt würde Dir morgen bestätigen, Du seist HIV-Träger! Welche der vier Glaubenspositionen wird Dir vermutlich den wirksameren Trost spenden, Dir die nötige Kraft und Hoffnung geben, um diese Situation „bewältigen" zu können?

Was einer denkt und glaubt, ist meist schon wesentlich durch seine Lebensumstände (Wohlstand, Armut, Krankheit, Behinderung usw.), seine Religion und Kultur, seine Erziehung und sein Lebensalter sowie den Zeitgeist mitbestimmt. Die Erfahrung lehrt aber, daß sich unsere Einstellungen im Laufe des Lebens teilweise radikal verändern. Zum Glück. Wie sollte es sich auch anders bemerkbar machen, daß wir etwas dazugelernt haben. Das betrifft nicht zuletzt auch unsere Einstellung zum Tod. War einer mit 16 davon überzeugt, es käme nichts mehr danach, so wirbt er vielleicht mit 26 für die Wiedergeburtslehre, glaubt mit 46 laut eigenen Worten „gar nichts" und hält dann mit 66 wieder ein Jenseits für glaubhaft. Oder umgekehrt. Viel hängt davon ab, was uns geschieht und mit wem wir zu tun haben.

wenn aber doch einer käme ...

der behauptet zu wissen, wie es nach dem Tod ist, weil er es schon erfahren habe? Er sei bereits einmal gestorben, jedoch von den Medizinern wiederbelebt (reanimiert) worden und könne es allen anderen jetzt genau erzählen.

Würdest Du ihm glauben? Warum? Was würde sich dadurch in Deinem Leben ändern?

Die Berichte von Menschen, die solche Erlebnisse hatten, füllen inzwischen einige Bücherregale. Die Sterbeforschung (Thanatologie), beschäftigt sich mit derartigen Phänomenen. Was an diesen Berichten sehr bald auffiel, waren die vielen Übereinstimmungen in den Erlebnissen. Ganz bestimmte Bilder, Geräusche und Gefühle wurden immer wieder beschrieben:

- sie hören, daß sie für tot erklärt werden,
- nehmen sich selbst in einem nichtmateriellen „Körper" wahr,
- schweben über ihrem physischen Körper,
- hören ein lautes Brummen oder Rauschen,
- bewegen sich durch einen dunklen Tunnel auf ein Licht zu,
- begegnen einem Lichtwesen, das Liebe und Wärme ausstrahlt,
- werden aufgefordert, auf ihr Leben zurückzublicken und es zu bewerten,
- fühlen sich sehr wohl in dieser jenseitigen Welt und möchten dort bleiben,
- werden aber durch die erfolgreiche Wiederbelebung in ihren physischen Körper zurückgeholt, leben weiter und berichten von dem Erlebten,
- leben seitdem bewußter und intensiver, glücklicher und auch religiöser als zuvor, und haben keine Angst mehr vor dem Tod.

Was an diesen sogenannten „Todes-Nähe-Erlebnissen" wirklich dran ist, bleibt umstritten. Dennoch läßt sich einiges klarstellen:

Vergleichbare Erlebnisse hatten auch Menschen unter Drogeneinfluß, als Auswirkungen übermäßiger Gifte im Körper, oder einfach im Traum. Wichtiger ist allerdings die Feststellung, in welchem tatsächlichen „Zustand" sich diese Patienten befanden. Man bezeichnet ihre Situation als „klinisch tot". Damit ist gemeint, daß Herzschlag und/oder Atmung ausgesetzt haben. Dank moderner Medizintechnik lassen sich aber diese Körperfunktionen unter Umständen wieder in Gang bringen. Findet keine Sofortmaßnahme statt oder bleibt der Wiederbelebungsversuch erfolglos, stirbt der Patient. Diesen endgültigen Stillstand aller Organe und Gewebe nennt man „biologisch tot". Erst wenn auch keine Gehirnströme mehr meßbar sind, wird ein Mensch heute definitiv für tot erklärt.

Der Unterschied zwischen „klinisch tot" und „biologisch tot" ist für uns entscheidend. Er macht nämlich klar, daß alle Patienten, die derartige Erlebnisse hatten, nicht im eigentlichen Sinne tot waren. Sie befanden sich irgendwo im Grenzland zwischen Tod und Leben, haben aber nicht die Grenze selbst überschritten. Hätten sie diesen Schritt getan, hätte man sie nicht wiederbeleben können, und sie wären nicht mehr in die Lage gekommen, etwas darüber zu erzählen. Da sie nur „klinisch tot" waren, darf ihr beschriebener „Blick nach drüben" zu Recht mit einem Fragezeichen versehen werden.

Kurz: Ein Leben nach dem Tod beweisen diese Berichte nicht! Jedenfalls nicht im objektiven Sinn. Für die Betroffenen selbst hat das außerordentliche Erlebnis sicher den größten Stellenwert, hat ihren bisherigen Glauben scheinbar bestätigt oder den eingefleischten Skeptiker neu ins Grübeln gebracht. Alle anderen unter den Lebenden dürfen sich dem zwar in persönlicher Überzeugung anschließen, doch korrekter scheint es mir, hier bestenfalls von einem Indiz für ein Jenseits zu sprechen. Es kann als Hinweis darauf betrachtet werden, daß der Tod vielleicht doch nicht das große schwarze Loch ist. Das mag für die,

die dem Tod altersbedingt schon näher sind, ein Hoffnungsschimmer sein, der sie tröstet und die Angst verringert.

Wir stehen also weiterhin an derselben Stelle. Kein Toter ist bisher zurückgekehrt, um uns eine Sicherheit zu geben. Wir vermögen nichts zu beweisen und bleiben gleichermaßen aufgefordert, Position zu beziehen, einen Glauben zu bekennen. Nicht mehr und nicht weniger.

immer wieder aufstehen!

Wenn ich schon versuche, Dir hier ein paar gedankliche Orientierungs-Angebote zu unterbreiten, wäre es unfair, würde ich nicht auf die christliche Antwort noch etwas näher eingehen.

Insbesondere der christliche Glaube an eine Existenz über den Tod hinaus hat unter sehr vielen Mißverständnissen zu leiden. Die Rede von der Auferstehung und die Art und Weise ihrer kirchlichen Verkündigung scheinen über lange Zeit hinweg ein Falschverstehen geradezu heraufbeschworen zu haben. Es wurde primär als eine geschichtliche Tatsache hingestellt, was als lebensbejahende *Glaubens*botschaft gedacht ist.

Was die Bibel als Hauptquelle der jüdischen und später auch der christlichen Glaubenstradition über Leben und Tod zu erzählen weiß, bringt sie teils in recht eigenwilliger Form zur Sprache. Zumindest kommt es uns heute so vor. Unsere Sprache ist nicht die Sprache der Bibel. Wir leben in einer anderen Welt als die biblischen Erzähler. Es waren die Sprachen, Kulturen, Vorstellungen und das Weltbild des alten Orient, die in die biblischen Texte eingeflossen sind. Sie bilden eine Hürde, und machen ein gutes Stück Übersetzungsarbeit nötig. Das schließt mehr ein als die Übertragung hebräischer und altgriechischer Sätze in heutiges Deutsch. Es geht um die Vermittlung von Erfahrungen und Erkenntnissen

zu den zentralen menschlichen Themen wie Hoffen und Scheitern, Schuld und Vergebung, Freude und Mitleid, Angst und Liebe.

Die Bibel enthält in ihren Erzählungen viele dieser Erfahrungen früherer Generationen in quasi eingefrorener Form. Die Vereisung zu lösen, das ursprünglich Gemeinte wieder „flüssig" zu machen, bleibt Aufgabe von Leser und Hörer. Es gelingt dem, der genau hinhört und sensibel wird für das, was zwischen den Zeilen zum Ausdruck kommt.
Wer es schafft, diese alten Texte für sich wieder zum Sprechen zu bringen, wird sich in manchen Gestalten wiederfinden können. Er wird viele unserer heutigen Fragen und Probleme dort schon benannt sehen und vor allem auch für sich ganz persönlich etwas „herausholen". Wenn zwischen den damaligen und meinen heutigen Erfahrungen inhaltliche Fäden geknüpft werden können, dann zeigen sich die alten Geschichten plötzlich überraschend lebendig und aktuell. Dann sieht dieses Buch gar nicht mehr so „alt" aus.

Zurück zum anstößigen Begriff der Auferstehung. Er verursacht leicht Knoten im Gehirn, wenn wir beim Lesen oder Hören einer spontanen bildlichen Vorstellung auf den Leim gehen. Die bildhafte Botschaft des Neuen Testaments ist folgende:

Nach qualvollem Sterben am Kreuz wurde Jesus ins Grab gelegt, in dem er am übernächsten Morgen nicht mehr zu finden war. Engel (!) klären seine verdutzten Freunde darüber auf, daß er nicht tot sei, sondern lebe. Er „erscheint" dann einzelnen und auch einer größeren Zahl seiner Jünger. Sie wollen es zuerst nicht glauben, sind aber nachher felsenfest davon überzeugt, er sei auferstanden, sei nicht im Tod geblieben. Ihnen wird auch klar, daß sein „Weiterleben" als endgültige Bestätigung seiner Lehre und seines Lebens zu verstehen ist. Der Glaubensweg, den Jesus gezeigt hatte, war für sie jetzt zu dem Weg geworden, den alle Menschen gehen können und sollen, sofern sie wirklich nach Sinn und Erfüllung, nach einem tragfähigen Lebensmodell und einem solidarischen Gemein-

schaftsleben suchen. Also begannen seine Freundinnen und Freunde für diesen Weg zu werben ...

Was mit Jesus im bzw. nach seinem Tod geschah, wird zum eigentlichen „Aufhänger“, zum offensichtlich unerwarteten Motivations-Schub für seine Freunde, die Sache fortzusetzen. Die gewonnene Überzeugungskraft war bekanntlich so groß, daß seither ungezählte Christen bereit waren, für diese Wahrheit ihr Leben zu riskieren.

Was diese Initialzündung vor gut 2000 Jahren allerdings ausmachte, ließ und läßt sich mit Worten kaum hinreichend beschreiben. Soviel aber immerhin: Jesus war kein Zombie! Er ist nicht als eine Art „lebender Toter“ wieder aus dem Grab gestiegen. Auch nicht als eine Art Gespenst, das die Jünger verblüffte und an ein Weiterleben nach dem Tod glauben ließ.

Jesus war ein Mensch wie alle anderen auch. Und er ist gestorben wie alle anderen auch (wenn wir von der Todesart mal absehen). Was seine Freunde ausdrücken wollten, und was die sich langsam entwickelnde Theologie unter dem Begriff der „Auferstehung“ (oder „Auferweckung“) später auszusagen versuchte, darf vielleicht so umschrieben werden:

Wir glauben fest daran, daß dieser Jesus so überschäumend voll von Lebendigkeit war, daß er auf seine Mitmenschen, denen man das Leben schwer machte oder die es selber zu schwer nahmen, eine befreiende und belebende Wirkung hatte. Seine Lehre und seine Ausstrahlung gaben Grund zu der Ansicht, er verkörpere in unvergleichlicher Weise das, was Leben sein soll, wie Menschen zu sich selbst und damit zu Gott finden können. Jesus hatte gezeigt, wie menschliches Leben von Gott her gedacht ist, und daß unser Leben nur dann zu einer letzten Sinnerfüllung gebracht werden kann, wenn wir es bis auf seinen tiefsten Grund, auf Gott hin, ausloten.

Das Bewußtsein, mit Gott als dem innersten Geheimnis des Lebens und der Welt in einer besonders engen Verbindung zu stehen, war für Jesus die Quelle seiner Lebensenergie.

Für ihn war Gott wie ein liebevoller Vater, ein immer ansprechbares Du, in das man sich fallen lassen kann.

Wenn also in und durch Jesus etwas von Gott als der unergründlichen Innenseite des Lebens „sichtbar“ gemacht wurde, so durfte nun auch – im gläubigen Weiterdenken – angenommen werden, daß der Tod nicht das letzte Wort hat. Leben ist mehr als wir wahrnehmen und erahnen. Gott ist ein Freund des Lebens. Darum findet das Leben am Tod auch nicht seine Grenze. Erst recht nicht das Leben des Jesus aus Nazaret.

Daß er trotz seines scheinbaren Scheiterns kein Gescheiterter war, daß er nicht einfach verschwunden und (auch von Gott!) vergessen ist, sondern *lebt,* genau das war die Überzeugung der ersten Christen. Dieses Überzeugtsein war für sie begründet und jeweils neu bestätigt durch ihre eigenen Erfahrungen. Dort, wo sie sich bemühten, so zu leben wie ihr Vorbild, spürten sie wohl auch immer wieder etwas von dem Geheimnis, das sich für sie mit dem Namen Jesus verband. In der Sprache ihrer Zeit und ihrer Kultur haben die Verfasser des Neuen Testaments versucht, das Außerordentliche dieses Geschehens so dicht wie möglich in Worte zu fassen und in Form von Erzählungen für spätere Generationen einzufangen.

Lies einmal selber nach, was sie geschrieben haben. Zum Beispiel die Emmausgeschichte bei Lukas (24,13–35); die Erscheinung vor den Jüngern, ebenfalls bei Lukas (24,36–53); das Ende des Johannesevangeliums (Kapitel 20 und 21) oder was Paulus im 1. Korintherbrief schreibt (Kapitel 15). Du wirst feststellen, daß alle diese Texte über die Auferstehung bzw. den Auferstandenen letztlich ein einziges Gestotter sind. Sie sind der verständliche, aber weitestgehend vergebliche Versuch, etwas in Worte zu gießen, was in den begrenzten Gefäßen unserer Sprache nicht vollends transportiert werden kann. Es muß am Ende bei Hinweisen,

Metaphern, Gleichnissen und paradoxen Geschichten bleiben. Mehr ist nicht möglich. Wer allerdings geschärfte Augen für das Leben hat, dem wird das schon genug sein.

die kleinen tode

Das Leben intensiver wahrzunehmen, heißt nämlich auch, den Tod deutlicher zu sehen. Der Tod am Lebensende hat viele kleine Vorläufer, die alle seinen Stempel tragen, doch meist nicht als solche erkannt werden.

Ich unterstelle mal, daß Du selber schon diesen unscheinbaren Todesboten begegnet bist.
Sie sind z.B. dort zu finden, wo

- eine Freundschaft zerbricht,
- keine Bewegung und Entwicklung mehr zu erkennen ist,
- jemand seinen Lebensmut verliert,
- Hoffnungen enttäuscht werden,
- einer keinen Sinn mehr im Leben sieht,
- Menschen sich selbst und anderen das Leben schwermachen,
- nicht mehr gelacht wird,
- einer seine Zukunft nur noch schwarz sieht,
- die Einsamkeit nicht mehr durchbrochen wird,
- einer weder Freude noch Trauer empfindet,
- „Null-Bock“ und „Scheißegal“ den Ton angeben,
- Du Dich selber nicht mehr wichtig nimmst und Dir nichts zutraust.

Alle Kräfte, die das Leben beschneiden, entwerten, kleinmachen und zerstören wollen, tragen die Gesichter des Todes. Wo sie zu wirken beginnen, verliert das Leben an Kraft und Schönheit.

Sie auszuschalten ist nicht möglich, aber wir können stets unsere Wachsamkeit verbessern und damit das Wuchern dieser Kräfte begrenzen. Das fängt bei unserem Denken und Fühlen an und ist ganz wichtig im Umgang mit unserer Sprache.

Da wird einer „mundtot" gemacht; ein anderer ist „für mich gestorben"; ganze Gruppen werden „totgeschwiegen"; jemand wird „kaltgestellt", „fertiggemacht" oder „erledigt". Auch die Zeit wird „totgeschlagen", man „geht über Leichen" oder kann einen bestimmten Menschen „auf den Tod nicht leiden". Das mag oft nur so dahingesagt sein, es offenbart trotzdem den wenig erbaulichen Hintergrund.

Von den erwähnten Erscheinungsformen des Todes enthält die Gleichgültigkeit sicherlich das wirksamste Gift. Wem es buchstäblich egal ist, was aus ihm wird, wie es anderen Menschen ergeht, ob unser Planet in absehbarer Zeit den Bach runtergeht usw., der investiert auch nichts mehr ins Leben. Er läßt nur noch geschehen. Er hat resigniert und schaut teilnahmslos zu, wie seine Lebensfreude allmählich verdunstet. So zu leben, ist eigentlich kein Leben mehr. Wer soweit ist, ist *tot,* auch wenn er nach außen noch recht lebendig wirkt. Derart „lebende Tote" gibt es leider viele. Der äußere Schein trügt, er taugt nicht zur Beurteilung der *Qualität* von Leben.

Das wußten auch schon die Menschen aus biblischen Tagen. Sie betonten immer wieder, Gott sei ein Gott des Lebens. Und zu leben hieß für sie: in Beziehung sein. Daher ist in der Bibel so oft vom *Volk Gottes* die Rede. Wirkliches Leben ist für uns Menschen nämlich ausnahmslos auf das Miteinander, auf Gemeinschaft angewiesen. Ohne gelingende Beziehungen ist niemand auf die Dauer lebensfähig. Ohne empfangene und auch verschenkte Liebe kann man existieren, dahinvegetieren, aber nicht leben. Wer von den anderen getrennt lebt (oder leben muß), von ihnen vergessen, ausgeschlossen oder links liegen gelassen wird, der ist mitten im Leben den „sozialen Tod" gestorben. Insbesondere dagegen hat Jesus gekämpft.

so kann man es auch sagen

„Vor kurzem fragte mich ein junges Mädchen in einer Diskussion: „Ist mit dem Tode alles aus?" Ich habe eine ganze Weile überlegt, was ich dem jungen Mädchen noch sagen könnte. Schließlich meinte ich: „Es kommt darauf an, was wir unter alles verstehen. Wenn du für dich alles bist, dann ist für dich mit dem Tod alles aus. Wenn dein Leben aber alles um dich herum erfaßt, wenn du ein Teil des ganzen Lebens auf der Erde bist, ein Teil der Liebe, die Menschen und Schöpfung miteinander verbindet, dann weißt du ganz gewiß, daß es nach dir weitergeht. Dann bist du ein Teil des Lebensstroms geworden. Dann ist gar nichts aus, weil Gott nicht aus ist.

DOROTHEE SÖLLE

Wenn einer sich vornähme, das Wort Tod nicht mehr zu benützen, auch kein anderes, das mit dem Tod zusammenhängt, mit dem Menschentod oder mit dem Sterben der Natur. Ein ganzes Buch würde er schreiben, ein Buch ohne Tod, ohne Angst vor dem Sterben, ohne Vermissen der Toten, die natürlich auch nicht vorkommen dürften, ebensowenig wie Friedhöfe, sterbende Häuser, tödliche Waffen, Autounfälle, Mord. Er hätte es nicht leicht, dieser Schreibende, jeden Augenblick müßte er sich zur Ordnung rufen, etwas, was sich eingeschlichen hat, wieder austilgen, schon der Sonnenuntergang wäre gefährlich, schon ein Abschied, und das braune Blatt, das herabweht, erschrocken streicht er das braune Blatt. Nur wachsende Tage, nur Kinder und junge Leute, nur rasche Schritte, Hoffnung und Zukunft, ein schönes Buch, ein paradiesisches Buch.

MARIE LUISE KASCHNITZ

Unser Leben währt siebzig Jahre, und wenn es hoch kommt, sind es achtzig. Das Beste daran ist nur Mühsal und Beschwer, rasch geht es vorbei, wir fliegen dahin. Unsere Tage zu zählen, lehre uns! Dann gewinnen wir ein weises Herz.“

PSALM 90,10.12

warum? – warum nicht!

Der Schriftsteller Max Frisch hat in einem seiner berühmten Fragebögen einmal die folgende Frage gestellt: „Gesetzt den Fall, Sie haben nie einen Menschen umgebracht: Wie erklären Sie es sich, daß es dazu nie gekommen ist?“
Nun, wie erklärst Du es Dir?

Weil es verboten ist und unter Strafe steht? Weil man das eben nicht tut? Weil es ein Gebot gibt, man soll nicht töten? Weil Deine Eltern es Dir so beigebracht haben? …

Da die Religion, speziell die christliche, in dem weitverbreiteten Ruf steht, das alltägliche Leben durch vielerlei Verhaltensvorschriften und Verbote zu erschweren, liegt mir sehr daran, in dieser Richtung noch ein paar Bemerkungen zu machen.

In den vorangegangenen Kapiteln ist, so hoffe ich, bereits ansatzweise deutlich geworden, wie wenig der moralische Zeigefinger mit dem Kern wirklicher Religiosität zu tun hat. Die Moral kann nie über dem Glauben stehen. Verhaltensregeln, wenigstens soweit sie religiös begründet werden, sind immer nur eine Folge des Glaubens, der praktische Ausdruck dieser Lebenseinstellung, nie umgekehrt.

Sich im guten Sinne menschlich zu zeigen, für bestimmte Werte und Ideale einzutreten und sie soweit wie möglich im eigenen Leben zu verwirklichen, sich also moralisch zu verhalten, ist natürlich nicht exklusiv von einer religiösen Orientierung abhängig. Es gibt ungezählte Menschen, die sich für andere einsetzen, denen Frieden, Gerechtigkeit, Umweltschutz, Fairneß, Ehrlichkeit usw. sehr viel bedeuten, die aber weder einer Kirche angehören, noch sich überhaupt als gläubig bezeichnen. Manche davon sind sogar ausgesprochene Gegner der Religion. Aber dennoch verbindet sie ihr Engagement mit denen, die aus religiösen Motiven am gleichen Strang ziehen.

Vor solchen Menschen habe ich tiefen Respekt. Und mancher, der sich Christ nennt, kann sich von ihrem Beispiel eine dicke Scheibe abschneiden. Wenn jedoch auch in der Praxis eine weitreichende Übereinstimmung herrscht, was das Motiv des Handelns angeht, zeigen sich bald Differenzen. Nicht immer sind sich Menschen dieser Motive überhaupt bewußt – auch wenn ihr Handeln nie ganz grundlos sein wird. Die entscheidende Frage ist, inwieweit das konkrete Handeln sowie die dahinter stehenden Gründe besonders weitsichtig, vernünftig, human oder ähnliches sind. Hier beginnt die eigentliche Diskussion, das Abwägen der Argumente. Und das kann recht spannend und aufschlußreich sein …

urteil in letzter instanz?

Die Parole, jeder müsse selber wissen, was er tut, ist richtig und falsch zugleich. Selbstverständlich hat jeder von uns immer wieder Entscheidungen zu treffen, die ihm niemand abnehmen kann. Andererseits fängt auch niemand beim Nullpunkt an zu überlegen, was richtig und was falsch, gut oder schlecht sein könnte. Wir wachsen, ob wir es wahrhaben wollen oder nicht, ab dem ersten Lebenstag auch in eine vorhandene moralische Tradition hinein, die uns durch Elternhaus, Schule, Medien oder andere Personen in unserem Umfeld vermittelt wird. Solche Vorgaben sind in erster Linie eine Entlastung, da somit nicht erst jeder für sich selbst irgendwelche Verhaltensregeln (und die entsprechenden Erwartungen gegenüber anderen!) mühsam „erfinden" muß. Das erspart uns aber nicht, die erworbenen Moralvorstellungen in späteren Jahren immer wieder kritisch unter die Lupe zu nehmen. Nicht nur, weil Menschen sich irren können, ein staatliches Gesetz falsch, überholt oder unmenschlich sein kann, sondern weil auch eine ganze Gesellschaft sich mit ihren Wertvorstellungen auf dem Holzweg befinden kann. Weder die Mehrheit noch die Regierung haben Wahrheit und Recht automatisch auf ihrer Seite. Irrtümer kommen genauso vor wie absichtlicher Machtmißbrauch. Da heißt es genau hinsehen und kritisch nachdenken.

Dabei stellt sich allerdings wieder die Gretchenfrage nach den Kriterien unseres Urteilens. Junge Eltern beispielsweise stehen tagtäglich vor der schwierigen Aufgabe, Rechenschaft abzulegen. Wie erklärt man denn den lieben Kleinen, daß sie sich im Supermarkt nicht einfach etwas in die Tasche stecken sollen, daß die Schüssel Pudding nicht nur für *einen* hungrigen Bauch gedacht war, daß sie sich nicht selbständig aus Mutters Spardose bedienen dürfen, warum sie bei der Wahrheit bleiben sollen und anderes mehr.

In solchen Fällen lediglich zu sagen: „Das tut man aber nicht!", ist gewiß zu billig und bewirkt auch nichts. Schon die Kleinen wollen *verstehen,* warum das Eine gut, das Andere schlecht sein soll. Auf die kindliche Nachfrage sodann eine Antwort zu formulieren, die nicht nur für das Kind verständlich ist, sondern auch vor jedem Erwachsenen bestehen kann, ist nicht immer leicht, aber wichtig. Denn die Antworten und Beispiele, die einem Menschen in jungen Jahren gegeben werden, prägen wesentlich seine spätere Moral – und in der Folge den Zustand einer ganzen Gesellschaft. Die Erziehung bestimmt daher weitgehend, auf welchen Boden der sogenannten „öffentlichen Meinung" eine Diskussion über moralische Fragen jeweils fällt.

Ob also über Gesetze zu Abtreibung, Sterbehilfe oder Gentechnik gestritten wird, ob es um die Wiedereinführung der Todesstrafe, oder die Praxis der Organspende geht: es geht nie allein um eine pragmatische Regelung, sondern immer auch um konkurrierende Wertvorstellungen. Man konnte das in den letzten Jahren sehr gut beim Streit um das Abtreibungsrecht, die Gesundheitsreform, die Pflegeversicherung oder den Umweltschutz beobachten. Man braucht nur etwas tiefer zu bohren, dann zeigt sich meist ganz deutlich, worum es eigentlich geht, wohin es gehen soll und was von wem als wichtig angesehen wird.

gewissen – was ist das?

Wenn Du vor einer Entscheidung stehst, die für Dein weiteres Leben große Bedeutung hat, die also niemand für Dich treffen kann (oder sollte), und bei der auch der gutgemeinte Rat von Freunden nur eine bedingte Hilfestellung ist, dann kann man von einer echten Gewissensentscheidung sprechen.

Sich auf die Instanz des Gewissens zu berufen, ist leicht. Aber zu sagen, was das überhaupt ist, fällt schon schwerer.

Umschreibungen gibt es viele, z.B.:

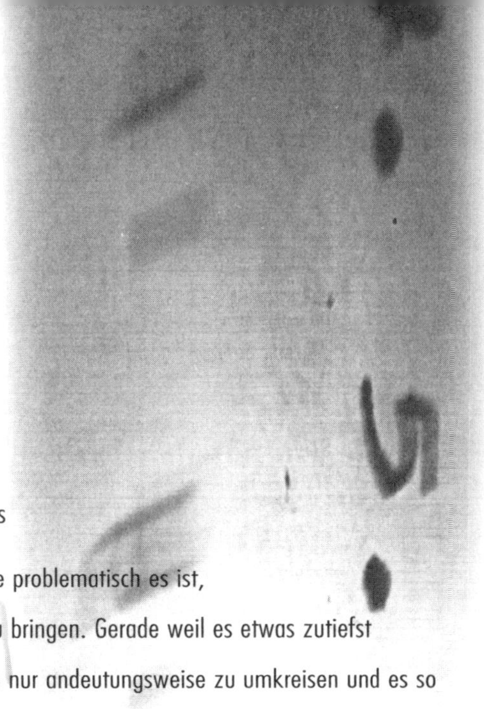

// innerer Kompaß

● zwei innere Stimmen

+ eine Art innerer Gerichtshof

// Stimme Gottes

● Regisseur im Hinterkopf

+ Intuition für Gut und Böse

// Mittelstreifen auf der Straße des Lebens

Diese wenigen Vergleiche zeigen schon, wie problematisch es ist, das Gemeinte auf einen einzigen Nenner zu bringen. Gerade weil es etwas zutiefst Innerliches ist, vermögen wir es mit Worten nur andeutungsweise zu umkreisen und es so als Tatsache zu benennen.
Wir können bloß Hinweise geben und sagen: Da ist etwas in uns, das sich bemerkbar macht, wenn es um die Richtung unseres Lebensweges geht.

Woran hast Du schon einmal gemerkt, daß etwas derartiges in Dir wirkt? Wie zeigte sich bei Dir ein „gutes" oder „schlechtes" Gewissen?
Wieso ausgerechnet in diesem Fall? Wie hast Du darauf reagiert?

So sicher es eine innere Regung in Sachen „richtig oder falsch" gibt, so wenig tritt sie bei allen Menschen gleichermaßen in Erscheinung. Wo es dem Einen scheinbar gar nichts ausmacht, seine Mitmenschen nach Strich und Faden auszunehmen, schafft es ein anderer nicht einmal, eine gefundene Brieftasche stillschweigend zu behalten. Wo einer keine Skrupel hat, plagen den anderen fürchterliche Gewissensbisse. Sei es das Schwarzfahren im Bus, das Fälschen einer Unterschrift oder ähnliches. Wie läßt sich da noch von einer allgemein menschlichen Angelegenheit namens Gewissen reden, wenn manche Zeitgenossen offenbar keines haben? Was geht in denjenigen vor, die ohne jedes Wimpernzucken andere bestehlen, sich stets mit brutaler Gewalt durchzusetzen bereit sind, Brandbomben in Wohnhäuser werfen, Fremde auf offener Straße krankenhausreif schlagen, bereits Zwölfjährigen am Schultor harte Drogen verkaufen ...?

Ich weiß es auch nicht. Ich weiß nur, daß dies alles schlecht ist und bekämpft werden muß, weil es den fundamentalsten Menschenrechten zuwiderläuft und keinem der Beteiligten zu einem wirklich besseren Leben verhilft. Ich will jedoch auch an dem Glauben festhalten, daß es jedem dieser Täter möglich sein müsse, das Verwerfliche seines Tuns einsehen zu können.

Das klingt wohl sehr idealistisch und ist es vielleicht auch, doch ich sehe keinen anderen Weg, wenn wir bestimmte Leute oder Gruppen nicht einfach „abschreiben" und als rundum verdorben und Gefahr für die Allgemeinheit abstempeln wollen. Nach welchen Kriterien würde dabei geurteilt und gehandelt? Wie vertrüge sich eine solche „Säuberung" wiederum mit den für alle geltenden und verpflichtenden Werten?

Vor über fünfzig Jahren hatten wir hierzulande eine derartige Situation schon einmal. Aus den schlimmen Folgen sollten wir derweil etwas gelernt haben.

tief innen drin

Alle Erfahrungen zeigen, wie unterschiedlich die Prägung des Gewissens verlaufen kann. Die Wahrnehmung einer „inneren Stimme" ist ja kein nur gelegentlich auftretendes Phänomen. Die Geschichte aller Völker und Kulturen erzählt von dieser Eigenheit des Menschen, die ihn wesentlich vom Tier unterscheidet. Insofern dürfen wir von einer Veranlagung in der menschlichen Natur sprechen. Sie ist in etwa unserem Sprachvermögen vergleichbar. Auch diese Anlage tragen wir in uns, doch wenn wir nicht schon als Säugling an-gesprochen werden und langsam in die Sprachwelt unserer Umgebung hineinwachsen, verkümmert diese Möglichkeit und wir bleiben sprach-los. So ähnlich ergeht es auch der Anlage zum Gewissen. Findet ab der frühesten Kindheit keine schrittweise Sensibilisierung statt bezüglich dessen, was für einen selbst und für andere gut oder schlecht ist, so bleibt die Veranlagung eben in den Kinderschuhen stecken, statt entfaltet zu werden. Es ist sicher nicht übertrieben zu behaupten, daß dann ein wesentlicher, wenn nicht sogar der entscheidende Baustein einer ausgereiften Persönlichkeit fehlt.

Wir dürfen also daraus schließen: Ein Gewissen haben wir alle, wenn auch in unterschiedlichem Maß entwickelt. Der Schlüssel dazu liegt in der Erziehung. Keiner wird als Dieb oder Mörder oder Rassist geboren. Zu alledem können Menschen allein durch entsprechende Beeinflussung werden. Außerdem: Lügt, stiehlt oder mordet jemand aus dem Ratschluß seines Gewissens heraus?

Sich auf sein Gewissen zu berufen, heißt demnach, sein Innerstes gezielt zu befragen – oder zumindest tief genug in sich hineinzuhorchen, um eine Antwort zu finden. Wenn nun aber die Empfindsamkeit unseres Gewissens zum größeren Teil das Ergebnis äußerer Einflüsse ist, so bildet das Gewissen eben nur formell die letzte Instanz, auf die man sich beziehen kann. Was inhaltlich an Wertvorstellungen in einen Menschen hineingelegt wird, und was er nachträglich selber als Moral mitzutragen bereit ist, das macht den eigentlichen Bezugspunkt aus. Der Begriff Gewissen bezeichnet letztlich ja nur den „Ort“, wo die gegensätzlichen Werte, Motive, Zwecke, Absichten und Wichtigkeiten aufeinandertreffen und so etwas wie eine elektrische Spannung erzeugen. Irgendwo in uns.

Dort haust auch der vielzitierte „innere Schweinehund“, der überwunden werden soll. Dort streiten sich – um ein altes religiöses Bild zu gebrauchen – Engel und Teufel um unsere Seele.

Sachlicher ausgedrückt: *Es geht um den richtigen Weg zum Glück und zu einem gelingenden Leben – für uns und andere.*

stufenweise

Die Ausprägung des Gewissens muß folglich als ein lebenslanger Prozeß verstanden werden. Auf diesem Weg gibt es zweifellos Sprünge, Umwege und Stillstände, es gibt Rennläufer und solche, die etwas mehr Zeit und Geduld für die gleiche Etappe benötigen. In der Regel läßt sich der Prozeß der Gewissens- und Persönlichkeitsreifung in wenigstens drei aufeinanderfolgende Stufen einteilen:

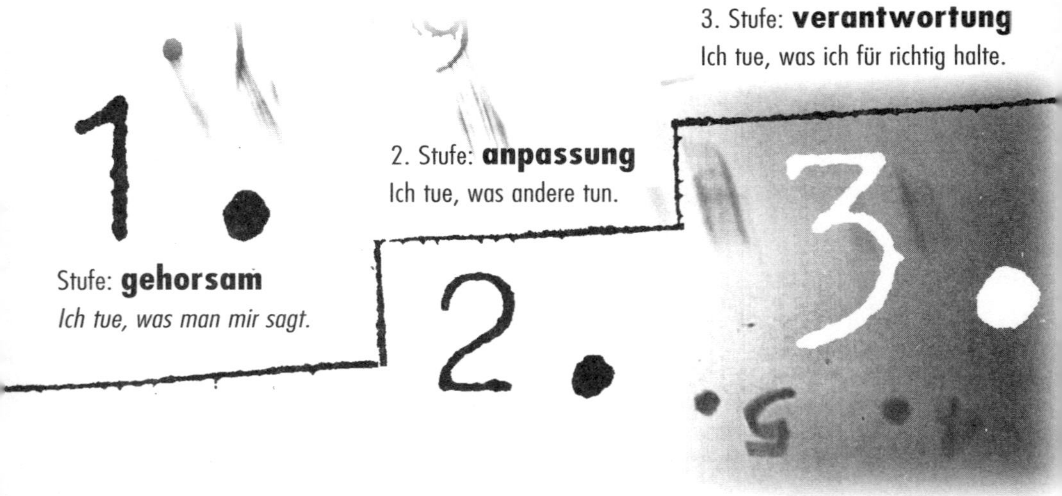

Die erste Stufe ist normalerweise der Kindheit zuzuordnen. Die Autorität der Eltern bildet hier den Maßstab der Orientierung. Irgendwann tritt die Weisungsmacht der Eltern jedoch in den Hintergrund und macht anderen Normgebern Platz. Oft sind in dieser Phase die Gruppe der Gleichaltrigen, die Clique, der Freundeskreis maßgebend. Das zeigt sich unter anderem an der Kleidung und am übrigen Outfit, an der Sprache, den wechselnden Modetrends und den entsprechenden Umgangsformen und Ansichten. Bewußt oder unbewußt findet so eine Angleichung an die Umgebung statt, einfach um dazuzugehören oder weil man es eben okay findet, wie andere sich geben, was sie tragen, sagen, mögen und denken. Der Drang, sich dennoch von allen anderen nochmals zu unterscheiden, ein eigenständiger Mensch werden zu wollen, führt zwangsläufig in Richtung der dritten Stufe. Dann zählt nicht mehr so stark, was andere wollen oder erwarten, sondern was man vor sich selbst und vor anderen verantworten kann, da man nur dies und nichts anderes für richtig und wichtig hält. Das meint allerdings keine Laune oder Willkür im Handeln nach dem Motto „Ich tue, was mir paßt". So wäre es das genaue Gegenteil von Verantwortung und hätte auch mit einer Gewissensentscheidung nichts zu tun. Vielmehr sind Sachkenntnis, Vernunft und Mut zu einem Entschluß angesagt.

Wenn Du Dir nun deine Mitmenschen anschaust, wirst Du wahrscheinlich feststellen, daß das mit den Reifungsstufen in vielen Fällen nicht hinhaut. Völlig korrekt. Nicht wenige Leute handeln noch als Erwachsene wie auf der ersten oder zweiten Stufe. Die Gruppe der Eigenverantwortlichen scheint in der Minderheit zu sein.

Wenn wir ehrlich sind, müssen wir allerdings einräumen, daß wir uns mit unserem Tun und Lassen vielfach wechselweise auf allen drei Ebenen bewegen. Aus den verschiedensten Gründen.

Wie ist das bei Dir? Ändert sich Dein Verhalten mit dem Kontext, das heißt je nachdem ob Du zu Hause bist, in der Schule, am Arbeitsplatz, unter Freunden, in der Disco – oder wenn Du für Dich alleine bist? Worauf führst Du das zurück?

Selbst das realistische Eingeständnis, fremden Autoritäten gehorcht, oder sich aus Bequemlichkeit mal wieder angepaßt zu haben, entbindet uns nicht, weder von den Folgen unseres Tuns, noch von dem Anspruch auf mehr Eigenständigkeit. Der Weg hin zu einer eigenständigen und reifen Persönlichkeit verläuft immer aus der Fremdbestimmung heraus zu einem Höchstmaß an Selbstbestimmung. Nur wenn ich weitestgehend eigenverantwortlich über mein Leben Regie führe, kann ich zum Schluß sagen, es sei meins gewesen. Andernfalls hieße die Bilanz „Ich wurde gelebt“ statt „Ich habe gelebt“. Wer will das schon?

Die Frage bleibt bislang jedoch offen, worauf man sich denn bei einer wirklich persönlichen Entscheidung bezieht bzw. beziehen kann. Auf logische Schlußfolgerungen, die Intuition, das Gesetz, die Meinung der Mehrheit? Aber wie tauglich sind diese Kriterien?

Brauchen wir nicht Maßstäbe, die gleichermaßen von jedem akzeptiert und mitgetragen werden können und die für jeden ohne Einschränkung gültig sein sollen?

laternen, die den weg beleuchten

Stell Dir bitte einmal vor ...
wir schreiben das Jahr 2096. Du gehörst zu einer Gruppe von Astronauten, denen es gelingt, samt ihren Freunden und Angehörigen die Erde beim Ausbruch des letzten großen Krieges noch rechtzeitig zu verlassen. Euer Heimatplanet wird völlig zerstört. Eine Rückkehr ist also nicht mehr möglich. Ihr kennt jedoch einen anderen Planeten, der der Erde sehr ähnlich, aber unbewohnt ist. Dort fliegt ihr ihn, um euch niederzulassen und eine neue Zivilisation zu begründen. Damit es aber wirklich zivilisiert zugeht, muß sich eure Gemeinschaft auf einige Regeln einigen, die für alle und auf Dauer gelten sollen. Ihr setzt euch also zusammen, überlegt, beratet und beschließt dann eine Art Verfassung.

Was denkst Du, wird in dieser Verfassung stehen? Auf welche Grundregeln werdet ihr euch vermutlich einigen können? Wird es nicht so sein, daß ihr mit den simpelsten Bedingungen anfangt: daß jeder den anderen leben läßt, keiner einem anderen etwas wegnimmt, jeder frei den Lebenspartner wählen kann, niemand einen anderen materiell, gesundheitlich oder sonstwie schädigt oder ausnutzt und vergleichbares mehr?

Klingelt nun etwas bei Dir?

10 „spielregeln“

Nun, ich bin ziemlich sicher, daß bei dieser fiktiven Gesetzgeberversammlung ungefähr das herauskommt, was wir aus der Bibel als „Zehn Gebote“ kennen. Denn sie enthalten eigentlich nicht mehr und nicht weniger als die grundlegenden „Spielregeln“, die jede menschliche Gemeinschaft braucht, wenn sie überleben und sich entfalten will. Es bleibt gar nichts anderes übrig, als das Lebensrecht, das Recht auf Eigentum, das Verbot von Betrug, Diebstahl, gegenseitiger Tötung usw. festzuschreiben. Ohne diese Übereinkunft kann es kein gelingendes Miteinander geben.

Umgekehrt: Dieser Minimalkatalog allseitiger Rechte und Pflichten eröffnet überhaupt erst die *Chance* zum allgemeinen Wohlergehen. Wirkliches Glück, Zufriedenheit, Lebensfreude – oder wie immer Du es sonst nennen willst – gehen darüber hinaus und stellen noch ganz andere Ansprüche.

Wenn es also zutrifft, daß jede Gemeinschaft derartiger Grundregeln bedarf, wie sie auch in den Zehn Geboten formuliert sind, dann läßt sich schon erkennen, wie sehr diese biblischen Sätze auf allgemein menschlichem Boden gewachsen sind. Man braucht daher nicht sonderlich religiös und gläubig zu sein, um sie gut und richtig zu finden.

Damit Du nicht erst wieder nachschlagen mußt, will ich sie hier kurz anführen. Ich zitiere dabei Exodus 20,2–17 singgemäß und leicht gekürzt aus einer Bibelübersetzung, die das Original in heute gebräuchlichem Deutsch wiedergibt (Die Gute Nachricht):

1. Ich bin der Herr dein Gott! Ich habe dich aus der Sklaverei in Ägypten befreit. Neben mir gibt es für dich keine anderen Götter.

2. Fertige dir kein Gottesbild an. Mach dir auch kein Abbild von irgend etwas im Himmel, auf der Erde oder im Meer. Wirf dich nicht vor fremden Göttern nieder und diene ihnen nicht.

Mißbrauche nicht den Namen des Herrn, deines Gottes. 3.

4. Vergiß nicht den Tag der Ruhe; er ist ein besonderer Tag, der dem Herrn gehört. Sechs Tage in der Woche hast du Zeit, um deine Arbeit zu tun. Der siebte Tag aber soll ein Ruhetag sein.

5. Ehre Vater und Mutter!

Morde nicht! 6.

Zerstöre keine Ehe! 7.

8. Beraube niemand seiner Freiheit und seines Eigentums!

Sage nichts Unwahres über deine Mitmenschen! 9.

10. Suche nichts an dich zu bringen, was einem anderen gehört.

Sofern Dir dieser Teil der Bibel nicht ganz unbekannt war, ist Dir wahrscheinlich aufgefallen, daß bei dieser Übersetzung des hebräischen Originals die sonst so geläufigen Formulierungen „Du sollst ...“ und „Du sollst nicht ...“ fehlen. Aus gutem Grund. Die Formel „Du sollst nicht ...“ erinnert sehr an den erhobenen moralischen Zeigefinger, an strikte Verbote und angedrohte Strafen. Die Stoßrichtung der Bibel ist aber genau entgegengesetzt. Sie will nicht drohend einschränken, sondern Möglichkeiten schaffen zur Entfaltung des Lebens.

Sinngemäß übertragen: „Du wirst nicht …" Um das zu verstehen, darf man die ersten Verse (Exodus 20,2) nicht zu schnell übergehen. Ausgangspunkt der Weisungen ist ja nicht nur der gemeinsame Glaube, sondern vorrangig die Erfahrung von Befreiung und Freiheit, die ursächlich mit Gott verbunden wird. Das Bekenntnis, Gott wolle die Freiheit jedes Einzelnen, er sei ein Freund des Lebens und ihm gehe es vor allem um das Wohl der Menschen, bildet den Grundton aller Gebote.

Sie wollen allen Menschen eine Hilfe sein und ihren Lebensweg ausleuchten.
Die Weisungen 4 bis 10 appellieren geradezu an die menschliche Vernunft. Müßte es daher nicht jedem Menschen von selber ein-leuchten, daß diese Regeln im höchsten Maße human sind, daß erst durch ihre uneingeschränkte Gültigkeit für alle so etwas wie Menschlichkeit erreicht werden kann?

Die Weisungen 1 bis 3 gehen über das soziale Miteinander hinaus und verknüpfen das Heil des Menschen mit Gott. Anders gesagt: diese ersten Sätze wollen die Erinnerung daran wachhalten, daß das Erdenleben noch nicht alles ist. Alles Leben und die ganze Welt, haben einen Ursprung und ein Ziel. Vergeßt dieses Geheimnis nicht! Denkt nicht zu klein vom Leben, es ist mehr als wir ahnen! – So höre ich diesen Text sagen.

wenn du das leben liebst

Was ich darüber hinaus noch aus diesen alten Weisungen für unser heutiges Leben heraushöre, möchte ich kurz zu umschreiben versuchen.

1 *Wenn du das Leben liebst und in seiner Tiefe das Geheimnis spürst, dann hast du es nicht nötig, etwas anderes für das Größte zu halten. Vertraue auf diesen geheimnisvollen Gott, dann brauchst du keine Angst zu haben, vor nichts und*

niemanden. Nur so bleibst du frei von allen falschen Abhängigkeiten, sei ihr Name Konsum, Wohlstand, Vergnügen, Erfolg, Leistung oder wie auch immer. Du bleibst frei für das Leben.

2 *Wenn du das Leben liebst und in seiner Tiefe das Geheimnis spürst, dann bist du auch in der Lage, es als Geheimnis zu wahren. Dann hast du es nicht nötig, fragwürdigen Sicherheiten nachzujagen, weder bei einem Guru, noch einer Partei, noch in der Wissenschaft und auch nicht in der Kirche. Du wirst unterscheiden können zwischen dem, was dein Leben reicher macht und dem, was dir Fesseln anlegt. Du wirst nichts Gemachtes für Gott halten, sondern für ihn einen Platz in deinem Herzen freihalten.*

3 *Wenn du das Leben liebst und in seiner Tiefe das Geheimnis spürst, dann wirst du gelassen bleiben, weil du dir der wohlwollenden Nähe Gottes gewiß sein darfst. Dann wirst du es nicht nötig haben, deine Lebenskraft allein auf dich selbst zu konzentrieren, damit dir kein Gramm Glück verloren geht. Du wirst einsehen und erfahren, daß das Leben ein Geschenk ist und daß du die wesentlichen Dinge zum Glück immer nur aus anderer Hand empfangen kannst. Du darfst darauf vertrauen, daß Gott dich nicht vergißt.*

4 *Wenn du das Leben liebst und in seiner Tiefe das Geheimnis spürst, dann wirst du auch deine Seele nicht vergessen. Du wirst es nicht nötig haben, in den Pflichten und Sorgen oder gar den Vergnügungen des Alltags unterzugehen, statt daran zu denken, daß auch dein Leben einen Wert und ein Ziel hat. Du wirst bei aller Arbeit und Ablenkung dich daran erinnern, deinem Leben eine Richtung zu geben und den Gedanken nicht verlieren: Gott ist mit mir auf dem Weg.*

5 *Wenn du das Leben liebst und in seiner Tiefe das Geheimnis spürst, dann wirst du es wichtig finden, besonders für die da zu sein, die eng mit deinem Leben*

verbunden sind: deine Eltern, Geschwister oder Kinder. Du wirst es nicht nötig haben, dein Leben gegen das ihre zu stellen in der Meinung, dadurch mehr Freiheit zu erlangen. Du wirst in deinem Herzen spüren, wann sie dich brauchen. So wie Gott auch als Mutter oder Vater erfahren werden kann, so werden andere dich erfahren.

6 *Wenn du das Leben liebst und in seiner Tiefe das Geheimnis spürst, dann wirst du auch wissen, wie sehr alle Menschen am Leben hängen und für deren Leben und Wohlergehen eintreten. Du wirst es nicht nötig haben, dein Leben dauernd in Konkurrenz und Bedrohung zu sehen. Du wirst von deinen Mitmenschen nicht zuerst das Schlechte erwarten, sondern ihnen ohne Vorurteile begegnen. Dir werden Gemeinschaft, Solidarität und Liebe wichtiger sein als alles, von dem nur du allein den Nutzen hast.*

7 *Wenn du das Leben liebst und in seiner Tiefe das Geheimnis spürst, werden dir auch die zwischenmenschlichen Bindungen heilig sein. Du wirst es nicht nötig haben, in eine Freundschaft oder Ehe einzudringen des eigenen Vorteils wegen. Die Beziehungen, in denen du lebst, wirst du schätzen und fördern, statt sie aus egoistischen Gründen aufs Spiel zu setzen. Niemand ist eine Insel. Das Gelingen des Lebens ist von gelingenden Beziehungen abhängig. Diese Einsicht wird dein Handeln bestimmen.*

8 *Wenn du das Leben liebst und in seiner Tiefe das Geheimnis spürst, dann wirst du dich auch dafür einsetzen, daß jeder das Nötige zum Leben hat. Du wirst es nicht nötig haben, auf Kosten anderer zu leben. Du wirst darauf achtgeben, wo andere durch dich eingeschränkt und in ihrer Freiheit und Würde beeinträchtigt werden. Das geschieht schon beim Einkaufen von Produkten, die verschwenderische Mengen an kostbaren Rohstoffen oder Energie verbrauchen oder durch deren niedrigen Preis Menschen in Armut geraten oder bleiben.*

9 Wenn du das Leben liebst und in seiner Tiefe das Geheimnis spürst, dann wirst du ein Freund der Wahrhaftigkeit sein und dich überall für sie stark machen. Du wirst es nicht nötig haben, andere durch die Unwahrheit zu schädigen oder dadurch einen Vorteil anzustreben. Du wirst darum wissen, wie unverzichtbar Ehrlichkeit und Vertrauen sind, ohne die Menschen nicht miteinander leben können.

10 Wenn du das Leben liebst und in seiner Tiefe das Geheimnis spürst, dann wird dir jeder Neid auf das Glück anderer Menschen fremd sein. Du wirst es nicht nötig haben, ständig haben zu wollen, was ein anderer hat und noch mehr. Dir wird nicht dein Besitz wichtiger sein als das, was du aus dir selber heraus bist. Dein Blick für die wahrhaft nötigen Dinge des Lebens wird nicht durch zuviel Greifbares verstellt sein. Denn mit leeren Händen kamst du zu Welt und wirst sie ebenso wieder verlassen. Dein Herz wird daher nie ganz an etwas Vergänglichem haften bleiben. Es wird sich offen halten für das Größere.

Sag selbst, sind diese Perspektiven so abwegig und weltfremd? Würde es sich nicht lohnen, diesen „Geboten" im Alltag einen angemessenen Stellenwert einzuräumen und sich daran zu orientieren?

vom schwamm ist nicht die rede

Den roten Faden der biblischen Gebote hat Jesus zusammengefaßt in der sogenannten „Goldenen Regel" (Matthäus 7,12):

> Alles, was ihr also von anderen erwartet, das tut auch ihnen!
> Darin besteht das Gesetz und die Propheten.

Der Volksmund kennt diese Regel unter negativem Vorzeichen: Was du nicht willst, das man dir tu, das füg auch keinem andern zu!

Wie dem auch sei, ich kenne niemanden, der ihr nicht grundsätzlich zustimmen würde. Und es sähe wahrscheinlich besser auf der Welt aus, wenn sich mehr Menschen an dieser Regel orientierten. Doch bei allem hochherzigen Idealismus und allem redlichen Bemühen müssen wir zugeben, die Dinge liegen nicht immer so eindeutig und klar. Oft genug ist es gar nicht so einfach zu entscheiden, welcher Weg der bessere ist und welche der Alternativen den eigenen Moralvorstellungen eher gerecht werden. Manchmal scheint auch keine Alternative da zu sein, die man guten Gewissens wählen könnte. Denn gelegentlich finden wir uns in einer Situation wieder, die keine saubere Lösung zuläßt, bestenfalls nur die Wahl des kleineren Übels. Oft aber stehen wir uns bei der Verwirklichung unserer guten Vorsätze selbst im Weg.

Das fängt bei der eigenen Trägheit, dem Egoismus, der Eitelkeit, dem Machtstreben usw. an und endet z.B. bei der gemeinsamen Verdrängung von weltweiten wirtschaftlichen und ökologischen Unrechtsstrukturen. Wo dies sehr bewußt geschieht, ist es verwerflich. Bisweilen ertappen wir uns auch dabei, unrecht gehandelt zu haben, ohne es zu wollen. Wie häufig rutschten uns z.B. aus Gedankenlosigkeit im Zorn oder Übereifer Bemerkungen heraus, die einen anderen sehr verletzen.

Warst Du schon einmal in einer solchen Situation? Was tust Du, wenn Du einsiehst, jemandem Unrecht getan oder ihm sogar einen Schaden zugefügt zu haben? Wann hast Du Dich zuletzt so richtig schuldig gefühlt? Wie hast Du darauf reagiert? Hast Du jemals aus gutem Grund um Verzeihung gebeten oder einem anderen verziehen?

Wir sind alle fehlbar und haben unsere Fehler. Wir sind großzügig im Fordern und Erwarten, bleiben aber unseren Nächsten meistens etwas schuldig. Wir treten öffentlich und lautstark für lobenswerte Ziele ein, doch schon im engsten Lebenskreis schrumpft die leuchtende Theorie oft zu einem recht spärlichen Kerzenschein zusammen. Diesem höchst menschlichen Dilemma vermag niemand auszuweichen. So stellt sich nun die Frage: Wie gehen wir damit um? Wie leben wir mit dem anhaltenden Zwiespalt von Ideal und Realität, von guter Absicht und stets neuem Versagen?

beichte

Auf dieses Thema möchte ich abschließend noch eingehen. Vielleicht ahnst Du schon, worauf ich hinaus möchte. Genau. Es geht um das, was man Beichte oder Bußsakrament nennt. Ich weiß, daß sehr viele (und nicht nur junge) Leute mit dieser Seite des kirchlichen Lebens schlechte Erfahrungen gemacht und dadurch ein ziemlich schiefes Bild von der Sache gewonnen haben. Eben darum, weil von kirchlicher Seite dabei manches falsch gemacht wurde, greife ich das Thema auf und versuche ein paar Mißverständnisse auszuräumen.

Die Beichte ist im Grunde genommen nicht mehr und nicht weniger als ein Angebot, mit den Erfahrungen von Schuld und Versagen, also der eigenen Unzulänglichkeit, besser zurechtzukommen. Und weil sie ein Angebot, eine Hilfestellung sein will, sollte sie nie mit einem Muß verbunden werden. Einen Zwang zur Beichte kann es nicht geben. Wer ihn trotzdem erfahren mußte, wird sicherlich nur noch mit Abscheu und Widerwillen daran zurückdenken.

Es darf nämlich nicht aus den Augen verloren werden, daß das Sakrament der Beichte eine *Ausdrucksform des Glaubens* sein soll. Ein Zeichen dafür, daß Gott und Mensch zusammengehören und sich daraus für uns Menschen bestimmte Wert- und Zielvorstellungen für die Lebenspraxis ergeben. Wenn der christliche Glaube davon spricht, daß Gott ein Freund der Menschen sei und ihr Wohlergehen wolle – so abzulesen am Beispiel von Jesus – dann muß es konsequenterweise eine kirchliche Praxis geben, die genau das zu realisieren sich bemüht. Kirche ist hierbei erstmal nur der Sammelbegriff für die Glaubensgemeinschaft derer, die sich in ihrem Gottesglauben an Jesus orientieren.

Aber in diesem Glauben zu leben, heißt nicht, von all den Fragen, Problemen, Nöten, Versuchungen und Schwächen verschont zu werden, die auch andere Menschen belasten. Gläubige wie Ungläubige haben in gleicher Weise mit den Herausforderungen des Lebens zu kämpfen. Dem religiösen Menschen wird alles Fehlverhalten sogar noch mehr zu Herzen gehen, da von ihm ein geschärftes Bewußtsein für Recht und Unrecht erwartet werden kann. Er darf aber in seinem Glauben, so romantisch das wieder klingen mag, darauf vertrauen, daß Gott ein großes Herz hat, in dem reichlich Platz für Verständnis und Nachsicht zu finden ist. Diese Überzeugung wurzelt vor allem in der Praxis Jesu: sie zeigt uns, daß Vergebung und eine stets neue Chance zum besseren Leben für jeden Menschen unverzichtbar sind.

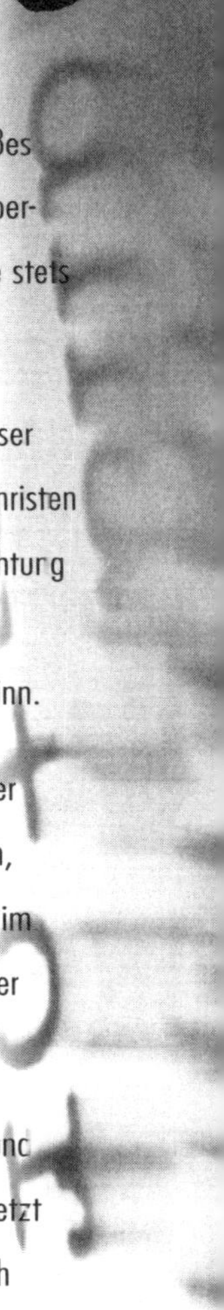

So wie Jesus vielen Menschen dazu verholfen hat, mit sich und ihrer Umgebung besser klar zu kommen, so stellt sich allen, die sich auf ihn berufen, die gleiche Aufgabe. Christen sollen sich gegenseitig das Leben leichtermachen. Dem hat auch die kirchliche Einrichtung der Beichte zu entsprechen. Wo sie nicht Hilfe und Erleichterung mit sich bringt, sondern Druck, Angst oder Minderwertigkeitsgefühle erzeugt, da verfehlt sie ihren Sinn.

Inzwischen hat sich in vielen Gemeinden neben dem klassischen Beichtstuhl, der eher abschreckend wirkt, das sogenannte Beichtzimmer durchgesetzt. Ein schlichter Raum, in dem man dem Priester völlig zwanglos gegenübersitzt. So bekommt diese Praxis im doppelten Sinn ein menschliches Gesicht. Wer dort hingeht, um sich einem Seelsorger anzuvertrauen, der sollte einen Grund dafür haben, der in ihm selber wurzelt.

Wenn ich beichte, dann in der Annahme, in diesem Seelsorger einen kompetenten und verständnisvollen Zuhörer und Ratgeber zu finden, der mir weiterhelfen kann. Das setzt nicht nur eine gewisse Sympathie und Vertrauensbasis voraus, es zeigt auch, daß ich nicht mit jedem Problem beim Priester an der richtigen Adresse bin. Auch er ist nur ein

Mensch mit begrenzten Fähigkeiten und Kräften, wenn er sie auch jedem bereitwillig zur Verfügung stellen wird.

In nicht wenigen Fällen wird ein Seelsorger mit den konkreten Nöten seines Gegenübers überfordert sein, sofern derjenige z.B. bei einem Therapeuten besser aufgehoben wäre. Viele „Delikte" gehören auch gar nicht in die Beichte. Jedenfalls dann, wenn deren Bereinigung an anderer Stelle besser angebracht ist. Den Ehebruch vor einem Priester zu bekennen, mag dem Schuldigen zwar eine teilweise Erleichterung von seiner Gewissenslast bringen, doch wird ihm der Seelsorger klarmachen müssen, daß seine Schuld selbst durch die Beichte nicht einfach aus der Welt geschafft wird. Der Ort der eigentlichen Beichte seines Fehlverhaltens ist in diesem Fall das offene und ehrliche Gespräch mit dem Menschen, den es ganz wesentlich betrifft, seiner Frau. Erst dort wird er im gemeinten Sinn Vergebung erreichen können.

Und wenn nicht, wirst Du fragen. Nun, jedes Verzeihen ist freiwillig und bleibt ein Geschenk, das man nicht erzwingen kann. Die Frau wird das nur ganz allein entscheiden können. Es ist ihre Gewissensentscheidung, bei der sie nun abwägen wird, was für sie wichtiger ist und welche Folgen die eine oder andere „Lösung" für alle Beteiligten (z.B. auch die Kinder) haben wird. Wer könnte ihr verübeln, wenn sie nicht bereit oder fähig ist zu verzeihen.

Der Seelsorger fungiert in der Beichte lediglich als ein Vermittler. Er soll quasi stellvertretend für Gott diesen Menschen unterstützen bei der Bewältigung seiner Schuld und ihn stärken bei seinem Bemühen, es in Zukunft besser zu machen. Beichte darf nie so mißverstanden werden, als würde man danach mit einer reinen Weste wieder nach Hause gehen und alles sei jetzt in Ordnung, frei nach dem Motto „Schwamm drüber und fertig". Das wäre schlichter Selbstbetrug und ein unredlicher Umgang mit unseren Schattenseiten. Was geschieht also in der Beichte? Laß es mich am Beispiel des Ehebruchs verdeutlichen.

Wenn die Frau wirklich die Kraft aufbringt, ihrem untreuen Gatten zu verzeihen und damit dieser Ehe nochmals eine Chance gibt, heißt das jedoch nicht, daß der Seitensprung (welch ein unpassendes und verharmlosendes Wort!) aus dem Gedächtnis gelöscht wird. Aber er wird dort abgelegt. Verzeihen und Vergessen ist nicht dasselbe! Wenn sie ihm die erlösenden Worte des Verzeihens sagt, drückt sie ja damit aus: Du hast mir sehr wehgetan und mich enttäuscht; aber ich liebe Dich und stehe auch weiterhin zu Dir; was Du getan hast, wird Deine Schuld bleiben, aber sie soll nicht auf Dauer zwischen uns stehen, sie soll uns nicht trennen; wir haben immer noch so viel, was uns verbindet, daß wir genügend Grund haben, weiterzumachen und den gemeinsamen Lebensweg fortzusetzen.

Beide werden zukünftig um diesen Vorfall wissen, doch allein durch die Vergebung seitens der Frau wird dieser Vorfall nicht zum endgültigen Schlußstrich der Beziehung.

Zwischen Gott und dem Menschen spielt sich ganz ähnliches ab. Allerdings mit dem Unterschied, daß Gottes Herz größer ist als das eines Menschen, bei ihm folglich noch ungleich mehr Nachsicht und Vergebungsbereitschaft erhofft werden dürfen, als sie uns in unserer Begrenztheit möglich sind. Nichts anderes soll der Seelsorger dem spürbar machen, der ihm schuldbewußt gegenübersitzt.

Ich räume gerne ein, daß diese Perspektive in ihrer Konsequenz am Rande dessen liegt, was uns zumutbar und verständlich erscheint. Doch eine gute Portion Herausforderung an unser Denken, Fühlen und Handeln wird der christliche Glaube immer darstellen. Und weil es vornehmlich um eine Sache des Glaubens geht, also der Schlüssel dazu letztlich in unserer Gottesvorstellung liegt, offenbart sich an diesem Punkt in besonderer Schärfe, wie groß oder klein Gott gedacht und geglaubt wird.

Mir jedenfalls scheint es weder nutzlos noch unvernünftig zu sein, wenn ich auf diesen Gott und diesen Glauben setze. Was glaubst Du?

so kann man es auch sagen

"Es gibt aber zwei Dinge, die wir von Gott wissen können: Das erste ist, daß er uns kennt, und zwar ganz genau. Besser als alle anderen Menschen uns kennen und auch besser, als wir uns selber kennen. Es ist unmöglich, ihn zu belügen. Es ist möglich, Gott zu vergessen. Wenn wir den Sinn für Gerechtigkeit ganz und gar in uns kaputtgemacht haben, dann haben wir Gott vergessen.*

Das zweite ist, daß wir wissen, was Gott von uns will: Gerechtigkeit. Die Bibel ist in diesem Punkt ganz konsequent. Sie sagt, Gott ist bei uns, wenn wir gerecht handeln. Auch wenn wir schwach, klein, ungeschickt oder behindert sind, wir sind mit Gott zusammen und darum stärker, wenn wir Gerechtigkeit suchen. Wenn wir ungerecht leben oder uns Augen und Ohren zuhalten, um das Unrecht nicht wahrzunehmen, ist Gott uns sehr fern und fremd.

DOROTHEE SÖLLE / FULBERT STEFFENSKY

DIE GEBOTE DES KORAN (AUS DER 17. SURE):

1. Keinen anderen Göttern neben Allah dienen.

2. Ehrfurcht und Barmherzigkeit zeigen für die Eltern.

3. Den Armen geben.

4. Keine Vergeudung, sondern Mäßigkeit halten im Geben.

5. Keine neugeborenen Kinder aus Armut töten.

6. Keinen Ehebruch treiben.

7. Nicht ungerecht töten.

8. Nicht den Besitz von Waisen verbrauchen.

9. Keinen Betrug im Handel.

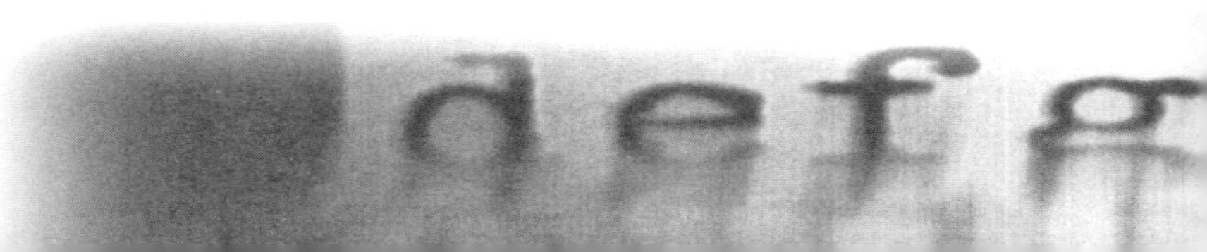

10. Keinen (falschen) Gerüchten glauben.

11. Nicht anmaßend sein.

DIE GEBOTE BUDDHAS:

1. Nicht töten!

2. Nicht stehlen!

3. Nicht unkeusch leben!

4. Nicht die Unwahrheit reden!

5. Keine Rauschmittel nehmen!

Das Gewissen ist die verborgenste Mitte und das Heiligtum im Menschen, wo er allein ist mit Gott, dessen Stimme in diesem seinem Innersten zu hören ist. Im Gewissen erkennt man in wunderbarer Weise jenes Gesetz, das in der Liebe zu Gott und dem Nächsten seine Erfüllung hat. Durch die Treue zum Gewissen sind die Christen mit den übrigen Menschen verbunden im Suchen nach der Wahrheit und zur wahrheitsgemäßen Lösung all der vielen moralischen Probleme, die im Leben der einzelnen wie im gesellschaftlichen Zusammenleben entstehen.

AUS EINEM DOKUMENT DER KATHOLISCHEN KIRCHE
VOM ZWEITEN VATIKANISCHEN KONZIL (1962–1965)

Mit viel Geduld hast Du es nun geschafft. Für mich bleibt die Hoffnung, es möge Dir auf irgendeine Weise genützt haben. Sei es als Information, als Klarstellung oder als Motivation zur weiteren Auseinandersetzung.

Ich weiß nur zu gut, daß manches zu kurz und unvollständig, anderes zu sehr vereinfacht oder gar mißverständlich geraten ist. Aber dazu stehe ich.

Mir war auch nur daran gelegen, einige Themenbündel aus der schwergewichtigen Religionskiste für Dich ein Stück weit aufzuschnüren und dadurch ein paar erste Einblicke zu ermöglichen. Wenn sich bei Dir gelegentlich ein Aha-Effekt ergeben hat, bin ich schon sehr zufrieden. Mehr als eine Handvoll – zum Schnuppern, Probieren und Appetitanregen – wollte ich Dir ja auch gar nicht zumuten.

Danke für Dein Mitgehen!

R. J.

nachschauen

P.S. Ein Schlußwort zum Nachschlagen ...
Buch der Weisheit 6,12–19!

quellennachweis

Kapitel 1:

Paul Tillich: Die verlorene Dimension, Berlin, New York 1969, 3. Aufl., S. 9

Norbert Scholl: Was der christliche Glaube will. Kösel-Verlag, München 1988, S. 32

Kapitel 2:

Paul Tillich: In der Tiefe ist Wahrheit, Berlin, New York 1985, 9. Auflage, S. 55

Wolfgang Dietrich: Ich spiele – also bin ich,
© Verlag am Eschbach, Eschbach/Markgräflerland, S. 59

Kapitel 3:

Dorothee Sölle / Fulbert Steffensky: Nicht nur ja und amen,
© Rowohlt Taschenbuch Verlag GmbH, Reinbek 1983, S. 53

Peter Wust, Ein Abschiedswort, Münster 1976, 10. Auflage, S. 11f.

Kapitel 4:

Dorothee Sölle / Fulbert Steffensky: Nicht nur ja und amen,
© Rowohlt Taschenbuch Verlag GmbH, Reinbek 1983, S. 85

Marie Luise Kaschnitz, Steht noch dahin,
© Insel Verlag, Frankfurt/M. 1974, 2. Auflage, S. 21

Kapitel 5:

Dorothee Sölle / Fulbert Steffensky: Nicht nur ja und amen,
© Rowohlt Taschenbuch Verlag GmbH, Reinbek 1983, S. 16

Das Konzilsdokument („Die Kirche in der Welt von heute", Nr. 16) ist zitiert aus:
K. Rahner / H. Vorgrimler: Kleines Konzilskompendium, Freiburg 1966, S. 462

fußnoten

Seite 17

aus: Robert F. Capon, Der göttliche Fuchs, Walter-Verlag, Olten 1976, S. 22f

Seite 59

„Wenn et bedde sich lohne däät", Musik: Wolly Boecker / Manfred Boecker / Steve Borg / Klaus Heuser / Alexander Büchel / Hans Wollrath, Text: Wolfgang Niedecken © 1982 by Musikverlage Hans Gerig oHG, Bergisch Gladbach

Seite 70

zitiert nach: Leonhard Reinisch, Der Tod als Ende und Anfang, in: ders. (Hg.), Jenseits der Erkenntnis, Suhrkamp Verlag (st 418), Frankfurt/M. 1977, S. 168-187, Zitat 187

Seite 92

aus: Max Frisch, Tagebuch 1966-1971, Suhrkamp Verlag (st 256), Frankfurt/M. 1972, S. 10